RaffaeleCoda

Sieben, fünf, drei – Rom kroch aus dem Ei

Jugendbuch

Beat entertainmentart
Speicherstrasse 61
9043 Trogen (AR) - Schweiz
entertainmentart@gmx.net
Isbn paperback: 9783038411482
Isbn ebook: 9783038411499

Sieben, fünf, drei —
Rom kroch aus dem Ei

Kapitel I

miniBAR – so steht es in grossen Buchstaben über der Tür.

miniBAR, ein treffender Name für das winzige Lokal mitten in Rom. Der Inhaber heisst Mario. Er ist ein heiterer Mann, der tagaus tagein hinter der Theke steht und geschäftig seiner Arbeit nachgeht. Er trägt immer eine weisse Schürze und liebt es, den Kunden jeden Wunsch von den Augen abzulesen. Zu seinen Stammgästen gehören sowohl der herzliche Muskelprotz Tito, als auch der alte Professore, dessen Name niemand kennt.

Auch Pino der Busfahrer gehört zur Stammkundschaft. Er kommt täglich mehrmals vorbei, denn seine Endstation befindet sich genau vor dem kleinen Lokal. Er ist ein Fussballnarr. Zwischen den anstrengenden Fahrten erholt er sich in der kühlen Bar und studiert hochkonzentriert die rosarote Sportzeitung.

Vincenzo der Obdachlose muss an dieser Stelle auch erwähnt werden, denn auf seinen Betteltouren lässt er die miniBAR niemals aus. Luisa gehört zu den unscheinbaren Stammgästen. Sie ist – und das wissen hier alle – seit Jahren in Mario verliebt. Sie schaut täglich vorbei, um sich dann schüchtern auf den einzigen Stuhl des Lokals zu setzen und den Männergesprächen zuzuhören.

Manchmal stolpert auch ein Tourist über die Türschwelle. Eigentlich müsste man dies aus zwei Gründen gar nicht erwähnen. Erstens wimmelt es in Rom nur so von Touristen und zweitens liegt Marios Bar unmittelbar beim Kolosseum, also genau dort, wo jeder Tourist einmal hinmöchte.

Die meisten stecken jedoch nur kurz ihren Kopf durch die Tür und sehen sich danach nach einem passenderen Lokal um. Mario ist sich dessen bewusst und macht sich nichts draus. Seine Bar ist nun einmal wirklich sehr klein und wenn die fünf Stammgäste da sind, ist sie schon fast voll. Hinzu kommt, dass die miniBAR irgendwo sonst in Rom stehen könnte, so schlicht und einfach ist sie.

Ausser dem riesigen und aktuellen Poster der AS Rom, das eine Wand schmückt, ist hier alles ziemlich alt, wie zum Beispiel die vergilbten Fotos von Mario, auf denen man ihn als junger Fussballspieler erkennen kann. Die leicht verstaubten Pokale auf den Gestellen zeugen von errungenen Siegen.

Auf einer Eistruhe, die auch schon in die Jahre gekommen ist, liegen die aktuellen Tageszeitungen auf.

Seit kurzem schaut ein junger Mann öfter vorbei und bestellt in gebrochenem Italienisch ein grosses Bier. Hünenhaft ist seine Gestalt. Er hat strohblondes Haar, trägt einen dünnen Schnurrbart und ist mit seiner kurzen Hose, den Sandalen und dem kurzärmligen Hawaii-Hemd unverkennbar ein Deutscher.

Wenn während der Sommermonate die Nachmittagshitze fast unerträglich ist und die Stadt wie ausgestorben wirkt, liegt die miniBAR im Schatten des Kolosseums. Dann hat Mario nichts zu tun. Er legt seine Schürze ab, kramt unter der Theke ein uraltes Buch hervor, packt den einzigen Stuhl des Lokals und macht es sich draussen auf dem Gehsteig gemütlich.

Heute ist weit und breit niemand zu sehen und er kann getrost seiner grossen Leidenschaft nachgehen.

Mario liebt Heldengeschichten über alles. Sein Buch handelt von den antiken Römern und Helden gab es zu jener Zeit mehr als genug. Dieses Buch mit dem zerschlissenen Einband hat er erst kürzlich auf einem Flohmarkt für wenig Geld erworben.

Leider ist seine Freude von kurzer Dauer, denn schon bald hört er ein Räuspern. Er schaut auf und vor ihm türmt sich eine riesige Gestalt. Es ist der Deutsche.

„Was sucht der denn bloss in dieser Affenhitze hier?", denkt Mario und wischt sich mit einem bunten Taschentuch den Schweiss von der Stirn.

„Ciao!", grüsst der junge Fremde wie immer freundlich und setzt sogleich eine besorgte Miene auf.

„Wenn ich nicht sofort ein kühles Bier kriege, kippe ich um."

Mario legt enttäuscht sein Buch auf den Stuhl und geht sofort seiner Arbeit nach.

Im Lokal muss der Fremde nicht lange auf das erfrischende Getränk warten. Gierig trinkt dieser das Glas in einem Zug leer und wischt sich den triefenden Schnurrbart mit einer schnellen Handbewegung ab.

„So", spricht der Gast nun sichtlich erholt und grinst übers ganze Gesicht, „jetzt lässt es sich besser arbeiten."

„Arbeiten?", fragt Mario erstaunt.

„Wer wird wohl in dieser Hitze arbeiten wollen?"

„Na, wir zwei", antwortet der junge Mann und schaut Mario tief in die Augen.

„Wir zwei?", wiederholt Mario und setzt ein ungläubiges Lächeln auf.
„Was sollen wir zwei denn anstellen?"
„Wir zwei", erklärt der Deutsche geheimnisvoll, „werden jetzt einen Spaziergang in die Vergangenheit machen."
„Du scherzt wohl!", lacht Mario und ist sich sicher, dass dem jungen Mann das Bier schon in den Kopf gestiegen ist.
„Wenn es ums Arbeiten geht, scherze ich nie", versichert der Hüne und macht dabei ein ganz ernstes Gesicht.
„Jetzt herrscht endgültig kein Zweifel mehr", denkt Mario, „dieser junge Mann ist eindeutig ein Deutscher."
„Übrigens, ich heisse Helmut und bin ein Austauschstudent aus Berlin. Ich studiere Architektur und bin mir sicher, dass dieses Haus und somit Ihre Bar einen interessanten Unterbau birgt."
„Wirklich?" Mario staunt.
„Gewiss! Wie Sie bestimmt wissen, floss vor dem Bau des Kolosseums, in der Antike also, an dieser Stelle ein Bach durch. Beim Kolosseum bildete er einen seichten See. Später wurde dieser zugeschüttet. Der ursprüngliche Boden liegt tiefer. Ich möchte Sie fragen, ob Sie mir erlauben, einen Blick in Ihren Keller zu werfen."
Jetzt wird Mario hellhörig. Eine Reise in die Vergangenheit will er sich auf gar keinen Fall entgehen lassen. Aus diesem Grund steigen die beiden Männer alsbald in die Tiefe.
Die steile Treppe ist sehr lang und endet in einem kleinen, dunklen Gewölbe. Dort riecht es ziemlich modrig.

„Hier unten kann man nichts lagern, denn nach jedem
starken Regen steht der Keller unter Wasser", erklärt
der Barbesitzer.
Der Student untersucht sorgfältig den ganzen Raum.
Nach einer Weile murmelt dieser sichtlich entzückt:
„Dachte ich es mir doch! Der eigentliche Boden ist an
dieser Stelle mit Kies zugedeckt worden."
Mit dem Fuss beginnt der Deutsche die losen Steinchen
wegzuschieben. Mario tut es ihm gleich und siehe da,
ein alter Pflastersteinbelag kommt zum Vorschein.
„Der stammt wirklich aus alten Zeiten!", versichert
Helmut fachkundig.
Er kniet sich hin, legt sein Ohr auf den Boden und
horcht gespannt.
„Na also!", grinst der zukünftige Architekt zufrieden,
„quod erat demonstrandum!"
„Was genau soll bewiesen sein?", erkundigt sich Mario,
der diese lateinische Wendung aus seiner Schulzeit
kennt.
„Unter uns fliesst der ursprüngliche Bach durch. Spit-
zen Sie bitte die Ohren!"
Mario horcht gespannt und – wirklich! Er hört nun
ebenfalls das Rauschen des Wassers.
Als bald darauf die zwei Männer noch eine geheimnis-
voll verzierte Steinplatte freilegen, wird Mario ganz aufgeregt.
„Was ist das denn?"
„Nun, das werden wir gleich erfahren",
versichert Helmut. Mit vereinten Kräften rücken sie die
Steinplatte zur Seite.
Sie trauen ihren Augen nicht. In der Vertiefung liegt
eine blitzblanke Rüstung, eine römische Rüstung.
Vorsichtig hebt Mario den metallenen Panzer hoch.

Plötzlich hören sie Schritte. Der Barbesitzer und Helmut drehen sich blitzartig um. Auf der Treppe steht ein älterer Herr mit Brille. Es ist der Professore.
„Mario, wo um alles in der Welt steckst …"
Der Gelehrte erstarrt und verstummt – dann ruft er begeistert:
„Eine *Imperiale Lorica Segmentata*!"
„Eine was?", fragen Mario und Helmut gleichzeitig.
„Dieser Bänderpanzer wurde von den Legionären getragen", erklärt der Professore und
steigt schnell zu den andern hinunter. Er staunt.
„Das ist ein grandioser Fund!"
Mario hätte sich das nie träumen lassen. Eine echte Legionärsrüstung in seinem Keller, nur einige Meter unter der Theke. Wahnsinn!
Mario zieht sich die Rüstung über und fragt heiter:
„Wie steht sie mir?"
Doch da fängt der ganze Panzer zu leuchten an. Der Raum wird so hell, dass der Deutsche und der Gelehrte die Augen zukneifen müssen.
Als die Männer sie wieder öffnen, ist Mario verschwunden. Statt seiner steht ein winziger, römischer Legionär in einer matten, schäbigen Rüstung vor ihnen. Er ist unrasiert und riecht so übel wie ein stinkendes Stinktier.
„Wer bist du denn?", prustet der Deutsche verblüfft und rümpft sofort die Nase.
Der Römer erschrickt, als er den riesigen jungen Mann vor sich stehen sieht.
„Melde gehorsamst, Legionär Martinus!", brüllt der Römer wie auf Kommando.
„Du, ein Legionär?"
Der Austauschstudent muss beim Anblick des Männleins laut auflachen.

Der Römer nimmt seinen ganzen Mut zusammen, zückt mit zitternder Hand sein kurzes Schwert und stupst Helmut damit leicht in den Bauch. Skeptisch schaut er zum jungen Mann hinauf.

„Für einen Römer bist du viel zu gross geraten. Zu welchem Barbarenstamm gehörst du?"

„Ich bin ein Deutscher", antwortet Helmut nicht im Geringsten beängstigt, sondern sichtlich amüsiert.

„Ein Deutscher?" Der Legionär zieht erstaunt die Augenbrauen hoch.

„Diesen Stamm kenne ich nicht."

Dann schaut der Römer grimmig zum Professore hinüber, schwingt bedrohlich sein Schwert und fragt misstrauisch:

„Freund oder Feind?"

„Steck ruhig dein Schwert ein, Martinus!", beschwichtigt ihn der alte Herr, der seinen Augen immer noch nicht ganz traut.

„Unsere Völker leben seit vielen Jahren friedlich zusammen."

Mit einem Seufzer der Erleichterung senkt der kleine Mann sein Schwert.

„Beim Jupiter, habt ihr mich erschreckt! Wo befinde ich mich denn hier überhaupt? Und wie bist du bloss gekleidet?"

Der Römer zeigt auf Helmuts buntes Hemd.

„Na ja!", lacht der Professore, „das habe ich mich auch schon gefragt."

„Was wollen Sie damit andeuten?", fragt Helmut sichtlich betroffen.

Doch der alte Herr geht auf die Frage des jungen Studenten nicht ein, sondern erklärt dem kleinen Römer:

„Das ist halt modern, schliesslich leben wir im 21. Jahrhundert.”

„Was heisst das, im 21. Jahrhundert?”, will der Legionär wissen.

„Komm mit”, fordert ihn der Professore auf, „du wirst es gleich verstehen!”

Die drei Männer steigen die Stufen hoch. In der Bar schaut sich Martinus kurz um und wird kreideweiss.

„Wollt ihr mir etwa weismachen, dass ich mich hier in Rom befinde?”, fragt der Legionär ungläubig.

„Richtig! Wir befinden uns hier in Rom”, erklärt Helmut.

„Erkennst du denn das *Amphitheatrum Flavium* nicht mehr?”

Der Professore zeigt aus dem Fenster.

„Wieso nennen Sie das Kolosseum Amphitheatrum Flavium?”, flüstert ihm Helmut überrascht ins Ohr.

Der Professore lächelt und erläutert mit gedämpfter Stimme:

„Der Name Kolosseum wurde diesem Bauwerk erst viele Jahrhunderte nach seiner Fertigstellung gegeben. Martinus kennt nur diese Bezeichnung.”

„Das soll das Amphitheatrum Flavium sein?”

Jetzt ist es der kleine Römer, der laut auflacht.

„Ihr könnt mir ja vieles weismachen, aber dass dieser alte Steinbruch das herrliche, überaus moderne Amphitheatrum Flavium sein soll, nehme ich euch beim mächtigen Jupiter nicht ab!”

Der Legionär will soeben einen Fuss vors Lokal setzen, um das Kolosseum genauer unter die Lupe zu nehmen, als Pino mit seinem Bus quietschend vorfährt.

Mit lautem Zischen öffnen sich die Schwingtüren. Martinus erschrickt, flüchtet schnell in die Bar zurück und verkriecht sich Schutz suchend hinter der Theke.
Pino ruft den Passagieren zu:
„Kolosseum! Alle aussteigen! Endstation!"
Hinter der Theke ertönt Martinus bebende Stimme:
„Lauft um euer Leben, das Ungeheuer will euch auffressen!"
Der kleine Mann zittert wie Espenlaub.
„Aber das ist doch nur ein Bus", erklärt Helmut und schmunzelt.
Zaghaft wagt sich Martinus mit erleichterter Miene hinter der Theke hervor. Zuerst schüttelt er den Kopf, doch dann brüllt er plötzlich los:
„Aber natürlich! Wie konnte ich nur so dumm sein? Das ist doch nur ein Bus. Na dann, bin ich ja beruhigt."
Helmut und der Professore schauen sich verdutzt an.
Doch da springt der Römer plötzlich wie vom Blitz getroffen mit klirrender Rüstung auf die Theke und donnert:
„Zum Kuckuck noch mal! Will mir bitte jemand verraten, was denn überhaupt ein Bus ist?"
Pino tritt ein, rümpft die Nase und ohne einen Blick auf den aufgebrachten Legionär zu werfen, antwortet er mechanisch:
„Ein Bus ist ein Mehrpersonenfahrzeug. –
Übrigens, was stinkt denn hier so fürchterlich und wem gehört dieses Buch, das draussen auf dem Stuhl lag?"
Ohne eine Antwort abzuwarten, legt er dieses auf die Theke, greift nach der rosaroten Sportzeitung und verschanzt sich dahinter.
Helmut starrt erschrocken auf das Buch. Eine bange Frage steigt in ihm hoch.

„Martinus", fragt er, „was ist eigentlich mit Mario geschehen? Wo ist er?"

Der Römer, halbwegs vom Schock erholt, antwortet knapp: „Mario? Wer ist Mario?"

„Er ist der Inhaber dieses Lokals und ist genau in dem Augenblick verschwunden, als du erschienen bist."

„Vielleicht taucht er genauso plötzlich wieder auf", vermutet der Professore und rückt seine Brille zurecht.

Helmut fragt besorgt:

„Ja, aber wer soll denn so lange die Bar führen? Jemand muss doch den Laden schmeissen."

„Richtig!", bestätigt der alte Herr.

„Das Beste wird sein, wenn du und Martinus die Arbeit zwischenzeitlich übernehmt."

Helmut und der Legionär tauschen erschrocken einen Blick aus.

„Und ... und wieso gerade wir?", stottert Helmut.

„Erstens habt ihr beide Mario diese Suppe eingebrockt und zweitens hast du Semesterferien, im Gegensatz zu mir. Übrigens habe ich noch eine Sitzung und zwar gleich jetzt. Ciao und macht's gut!"

Bevor jemand von ihnen etwas einwenden kann, verlässt der Professore strammen Schrittes das Lokal.

Es herrscht eine beklemmende Stille. Vor Verlegenheit streicht sich Helmut den dünnen Schnurrbart glatt.

„So, nun noch einmal ganz von vorne. Du bist also ein römischer Legionär, der auf mysteriöse Art und Weise in unsere Zeit geraten ist."

„Scheint so", nickt Martinus besorgt.

Helmut wirft einen Blick ins Buch.

„Dieses Buch beginnt mit der Sage von Romulus und Remus. Hast du diese Zwillingsbrüder schon einmal gesehen?"

„Na, na, so alt bin ich nun auch wieder nicht. Aber es scheint, als würde sich Mario für meine Zeit interessieren.“

„Nicht nur er. Komm, erzähl mir von den sagenumrankten Taten der Römer, aber fang ganz von vorne an!“

Diese Worte schmeicheln dem Legionär sehr. Er setzt sich auf die Theke und lässt die Beine baumeln.

„Also schön. Ich erzähle dir von meiner Zeit, denn schliesslich kann das wohl niemand besser als ein echter Römer. Ich beginne ganz von vorne, nämlich beim Urvater Roms.

Martinus möchte mit den Worten vor langer Zeit beginnen, besinnt sich aber, als er sich nochmals in der Bar umschaut und setzt so an:

„Vor ganz, ganz, ganz, ganz langer Zeit herrschte zwischen den Griechen und den Trojanern ein erbitterter Krieg. Dieser dauerte zehn Jahre und endete damit, dass die Stadt Troja mit List erobert wurde.“

„Halt!“, ruft Helmut enttäuscht.

„Das ist doch eine griechische Geschichte. Homer hat die zehnjährige Belagerung Trojas, die so genannte *Ilias*, gedichtet. Wie die Trojaner am Ende vom schlauen Odysseus mit dem hölzernen Pferd überlistet wurden, weiss jedes Kind. Was haben denn die Römer damit zu tun?“

„Also“, erwidert Martinus gekränkt, „wenn du mich ausreden lässt, erfährst du, wie diese Geschichte mit den Römern zusammenhängt. Aber du hast Recht. Es ist höchste Zeit, dass ich auf den Urvater Roms zu sprechen komme.“

„Was? Ist es wirklich schon höchste Zeit?“, fragt Pino und schaut überrascht auf die Uhr.

„Leider muss ich auf die nächste Runde! Gerade jetzt, wo es so spannend wird."

„Aber die Geschichte fängt doch eben erst an", wendet Helmut ein.

„Eben! Wenn ich zurückkomme, lese ich weiter. Dann erfahre ich, ob die AS Rom für die nächste Saison Caesar, den neuen afroamerikanischen Superstürmer aus Brasilien, kaufen wird."

Kurz darauf verlässt der Fussballnarr die Bar. Martinus schaut dem wegfahrenden Bus neugierig nach und nimmt achselzuckend seine Geschichte wieder auf.

„Weil die Trojaner im Schlaf von den feindlichen Griechen überrascht worden waren, kämpften sie auf verlorenem Posten. Trotzdem wehrten sie sich tapfer. Einer von ihnen hiess Äneas. Er war nicht nur ein mutiger Prinz, sondern auch ein Halbgott, der Sohn von Anchises und der Göttin Venus, die Göttin der Liebe und der Schönheit. Um seine Stadt zu retten, kämpfte er die ganze Nacht verzweifelt an der Seite seiner Soldaten. Doch nach und nach erlagen seine Freunde dem Feind und starben unter den tödlichen Hieben der griechischen Schwerter. Er sah Frauen und Kinder aus den brennenden Häusern fliehen und bald stand die ganze Stadt Troja in Flammen. Kurz, es war ein schreckliches Schauspiel.

Der Kampf war aussichtslos. Äneas begriff, dass es für sein Volk keine Hoffnung mehr gab. Er wollte jedoch alles tun, um wenigstens seine Familie zu retten. Den greisen Vater auf dem Rücken und seinen Sohn Julus an der Hand bahnte er sich einen Weg durch die kämpfende Menge. Seine Gattin Kreusa folgte ihnen. Als sie an ein verlassenes Stadttor kamen, stellte Äneas mit Schrecken fest, dass seine Gattin fehlte. Er liess die

Hand des kleinen Julus los und erklärte ihm, dass er kurz zurückgehen müsse, um seine Mutter zu suchen. Äneas setzte den Vater ab und verschwand.
Bald fand er seine Frau. Als er sie jedoch aufforderte mitzukommen, winkte diese ab."
„Wieso wollte sie nicht fliehen?", will Helmut, dem die Geschichte ausserordentlich gut gefällt, wissen.
„Äneas hatte sich getäuscht", erklärt Martinus, „denn seine Frau war tot. Es handelte sich nur um das Schattenbild seiner geliebten Gattin."
„Nur das Schattenbild seiner geliebten Gattin?", stutzt Helmut, „willst du damit sagen…?"
„Ja, das war nur ihr Gespenst, das zu ihm gesprochen hatte. Es erklärte ihm, dass seine Ehefrau bei der Flucht umgekommen sei und er schnell zu seinem Sohn zurückkehren solle. Er müsse westwärts nach den Hesperien segeln, wo der Fluss Tiber fliesst. Danach verschwand das Gespenst."
Martinus bricht die Geschichte ab, denn ein Gast tritt ins Lokal. Es ist der herzliche Muskelprotz Tito. Als römischer Soldat verkleidet verdient er sich vor dem Kolosseum ein paar Euro. Dort lässt er sich mit gezücktem Schwert von den Touristen fotografieren.
„Wer glaubt denn hier an Gespenster?", fragt dieser und lacht lauthals. Dann erblickt er Martinus, kratzt sich am Hinterkopf und verkündet:
„Mich laust der Affe! Was hast du denn auf der Theke zu suchen? Und wo steckt Mario?"
Der kleine Römer zwinkert dem deutschen Austauschstudenten zu und spottet:
„Der ist aber gar nicht modern gekleidet! Der trägt ja eine Lederrüstung."
Tito ist empört und donnert:

„Was? Nicht modern? Soll das eine Beleidigung sein? Weisst du, wie viel mich diese Rüstung gekostet hat? Ich habe sie gestern beim teuersten Trödler der Stadt erstattet."

„Lächerlich!", grinst Martinus jetzt mit aufrichtiger Verachtung und erklärt:

„Dieses Modell ist seit Jahrzehnten überholt. – Nanu, was ist das denn?"

Er zupft an der Preisetikette, die immer noch an Titos Lederrüstung hängt.

Sichtlich um den kleinen Legionär besorgt, erklärt Helmut beschwichtigend:

„Er meint es nicht so. Es ist nur, dass dieser Mann hier ein echter Römer ist."

„Ach wirklich! Was soll denn das nun bitteschön heissen? Nur weil ich aus Latina stamme, soll ich kein echter Römer sein?"

Die beiden Römer schauen sich herausfordernd in die Augen.

„Was hat man dir denn zu essen gegeben, dass du so gross und muskulös bist, Latiner?", fragt Martinus verwundert und unterbricht mit dieser Frage die bedrohliche Stille.

Mit diesem plötzlichen Kompliment hat der falsche Legionär nicht gerechnet und weil Tito nicht nur riesige Muskeln, sondern auch ein riesengrosses Herz hat, gewinnt Martinus sogleich die Sympathie des Kraftprotzes.

„Du gefällst mir Kleiner, ehrlich! Aber deine Aussprache ist seltsam, tönt gar nicht römisch."

„Dass wir uns überhaupt verstehen können, ist ein weiteres Rätsel", murmelt Helmut, „bekanntlich sprach man damals doch Latein."

„Das stimmt", strahlt Martinus, „ich kann eure Sprache verstehen!"

„Was soll denn das nun wieder heissen?", wundert sich Tito.

Mit einigen Sätzen erzählt Helmut von Martinus' Zeitsprung. Der Muskelprotz macht grosse Augen.

„Ein echter Römer? Na, da laust mich gleich wieder der Affe!", jubelt er.

„Ein echter Römer hier in Rom, das muss ich sofort ..." Tito kann den Satz nicht beenden, denn Helmut ermahnt ihn:

„Hör zu! Niemand darf etwas davon erfahren, sonst haben wir hier in null Komma nichts die Polizei oder – was noch viel schlimmer ist – die Presse am Hals! Martinus, erzähl uns lieber noch weiter aus der Zeit, als Rom gegründet wurde!"

„Au ja, auch für mich, bitte, bitte!", strahlt Tito und gesteht kleinlaut:

„Nun, in der Schule war ich nicht gerade ein Musterschüler. Eine Wiederholung der Geschichte würde mir guttun."

„Nun gut. Also, Äneas flüchtete aus dem brennenden Troja. Die Worte seiner Gemahlin vergass er nicht. Er sollte nach den Hesperien segeln, so nannten die Griechen damals Italien.

Bald traf der Held auf weitere Flüchtlinge. Ihre einst so mächtige Stadt Troja lag in Trümmern. Gemeinsam versteckten sie sich viele Monate auf einem Berg, bis die Griechen endlich abzogen.

Daraufhin bauten sich die Flüchtlinge 20 Schiffe und stachen in See."

„Wusste Äneas, wo die Hesperien lagen?", fragt der junge Deutsche interessiert.

„Nein, und weil es niemand so genau wusste, irrten die Überlebenden ziellos im Mittelmeer umher.”

„Entschuldige lieber Martinus, wenn ich darauf bestehe”, unterbricht ihn Helmut, „aber das erinnert mich wieder an die griechische Geschichte. Homer hat doch die zehnjährigen Irrfahrten des Odysseus, die so genannte *Odyssee* gedichtet.”

„Genau!”, jubelt Tito ganz aufgeregt und fügt hinzu:

„Ich erinnere mich noch bestens an einen Teil dieser Geschichte. Der schlaue Odysseus und seine Männer rammten dem menschenfressenden Zyklopen Polyphem einen spitzigen und glühenden Baumstamm in sein einziges Auge, sodass dieser erblindete und sie flüchten konnten.”

„Bravo!”, jubelt Martinus anerkennend.

„Sag mal Latiner, wie heisst du eigentlich?”

„Ich heisse Tito.”

„Nun Tito, jetzt hör gut zu! Auch Äneas kam mit seinen Leuten zur Insel der Zyklopen. Odysseus war kurz davor von da entkommen. Allerdings hatten die Griechen in der Eile einer ihrer Männer dort vergessen und bevor der blinde Zyklop diesen finden und auffressen konnte, nahmen die Trojaner ihn auf ihre Weiterreise mit und retteten ihm somit das Leben.

Auf Äneas Irrfahrten gab es jedenfalls noch andere Ungeheuer, wie zum Beispiel die Harpyien.”

„Wer oder was waren denn die *Harpyien*?” Tito ist schon ganz Feuer und Flamme.

„Die Harpyien waren riesige, unsterbliche Flugungeheuer, halb Frau, halb Vogel. Nach einem Sturm ankerten die Trojaner auf der Insel dieser Bestien und machten sich hungrig über die unbewachten Rinder und Ziegen der Harpyien her. Doch plötzlich griffen diese hässlichen Flugfrauen an. Tapfer verteidigten die Heimatlosen ihre Beute.

Diese Untiere waren den Trojanern jedoch weit überlegen.

Mit ihren scharfen Krallen fielen sie über die hungrigen Seeleute her. Äneas und seine Matrosen verzogen sich auf die Schiffe. Eines der Ungeheuer liess sich auf einem Felsen nieder und rief den Flüchtenden mit schriller Stimme einen Fluch nach:

„Fort von hier, ihr Mörder unserer Tiere! Ihr sollt eure neue Heimat erst nach vielen Leiden finden und zwar erst dann, wenn euer Hunger so gross sein wird, dass ihr die Speisen mitsamt den Tellern verschlingen werdet!"

„Was sollte das denn bitteschön bedeuten?", will Helmut wissen.

„Nur Geduld, Rom wurde schliesslich auch nicht an einem Tag erbaut!

Bei der Weiterreise vernichtete ein Sturm einen grossen Bestand der Flotte und die Überlebenden verschlug es an die nordafrikanische Küste nach Karthago.

Dort nahm die Königin Dido, die sagenhafte Gründerin dieser prächtigen Stadt, die heimatlosen Seefahrer gastfreundlich auf."

„Zwischen Karthago und Rom gab es doch mehrere heftige Kriege", bemerkt Helmut.

„Richtig, aber erst viele Jahrhunderte später. Das, was ich euch jetzt erzähle, hat allerdings schon etwas mit diesen Auseinandersetzungen zu tun, aber wie schon gesagt, nur Geduld!

Dido verliebte sich in Äneas und der trojanische Held erwiderte die Gefühle der schönen Königin. Er weilte ein Jahr lang in ihrer prächtigen Stadt, dann jedoch erinnerte er sich an seine Pflicht, nach den Hesperien zu segeln. Ihn packte das Reisefieber wieder.

Nachdem er und seine Leute weitergezogen waren, nahm sich die Königin aus Liebeskummer das Leben. Zuvor jedoch hatte sie Äneas verflucht und ewige Feindschaft zwischen ihren beiden Völkern geschworen."

„Es sollte also niemals Frieden herrschen zwischen den Karthagern und den Trojanern?", fragt Helmut schüchtern.

„NUR GEDULD!", donnert nun Tito, der mit offenem Mund der Geschichte folgt. Helmut schreckt zusammen. Martinus lächelt dem Riesen zu und klopft ihm anerkennend auf den Lederpanzer.

„Danke Tito! Also, Äneas kam – wie übrigens auch der homerische Held Odysseus – bei den schrecklichen Meerjungfrauen vorbei, den *Sirenen*."

„Sind Meerjungfrauen denn nicht lieb?", fragt Tito verwirrt.

„Ja, so lieb, dass sie dich, solltest du ihnen zu nahe kommen, packen und mit sich in die Tiefe ziehen, wo du jämmerlich ersaufen würdest!", lacht Helmut.

„Äneas reiste weiter und versuchte, sich während seiner Irrfahrt an mehreren Orten niederzulassen, aber keiner war der richtige."

„Die Geschichte ist ja total spannend!", jubelt Tito, der nicht genug davon kriegen kann.

„Nun, mir gefällt der Teil am besten, als Äneas im achten Jahr seiner Irrfahrt mit Hilfe der Hellseherin Sibylle durch den Schlund des Avernersees in die Unterwelt, also in den Hades, gelangte."

Tito prahlt:

„Dieser See liegt bei Neapel, etwa zwei bis drei Autostunden von Rom entfernt.”
Helmut springt auf.
„Dazu weiss ich auch etwas zu berichten. Bei den Griechen, wie auch später bei den Römern, legte man den Toten eine Münze in den Mund. Dies war das Entgelt für den Fährmann Charon, um über den schwarzen Fluss Styx ins Totenreich gerudert zu werden.”
„Na, wer sagt's denn; ihr seid beide wirklich sehr gebildet!”, lobt Martinus seine Zuhörer.
„Auf diese Weise gelangten die Schatten der Verstorbenen ins Totenreich.
Äneas und die Hellseherin waren zwar nicht tot, konnten aber dank einem goldenen Zweig den Fährmann Charon täuschen, der sie ohne Schwierigkeiten zu machen, ans andere Ufer übersetzte. Dort vor der Pforte wachte der dreiköpfige Höllenhund Cerberus. Mit einem Mohngebäck brachte Sibylle das fürchterliche Ungeheuer zum Schlafen.
Im Totenreich nahmen sie die Schatten frühzeitig verstorbener Kinder wahr, sahen Menschen, die durch falsche Urteile den Tod gefunden hatten und erblickten viele Unbestattete, die deshalb hundert Jahre rastlos umherirren mussten.
Sie kamen auch zum Tränenfeld. Dort weilten die Menschen, welche aus Liebeskummer gestorben waren.
Da gewahr Äneas Dido. Die Königin von Karthago würdigte ihn jedoch keines Blickes. Erst jetzt begriff unser Held, dass sie sich nach seiner Abreise aus Liebeskummer das Leben genommen hatte.”
„Wie hat er dies denn feststellen können, wenn er sie nicht fragen konnte?”, will Helmut wissen.

„Er sah ihre Stichwunde, denn nach Äneas Abreise hatte sich Dido mit einem Dolch auf einem Scheiterhaufen liegend erstochen.

Traurig wandelte Äneas weiter und kam gedankenversunken an eine Wegscheide. Links führte der Weg zum *Tartarus*, wo die bösen Menschen bestraft wurden. Von dort drangen schreckliche Geräusche und Schreie an seine Ohren. Äneas und Sibylle schlugen aber den rechten Weg ein und gelangten so zum *Elysium*.“

„Was ist denn das nun wieder für ein Ort?“, informiert sich Tito und kratzt sich am Hinterkopf.

„In was für einer Welt lebt ihr eigentlich?“, wundert sich Martinus, „sagt bloss, dass ihr kein Elysium habt, wo die reinen Seelen weilen.“

„Aber klar, bei uns gibt es auch einen solchen Ort, nämlich das Paradies. Da ist es wunderschön“, erklärt der junge Deutsche eifrig.

„Wie auch im Elysium. Dort fliesst der Fluss Lethe vorbei. Es ist der Fluss des Vergessens. Wer daraus trinkt, wird sich nicht mehr an sein früheres Leben und an die begangenen Sünden erinnern.

Am Ufer begegnete Äneas dem Geist seines auf der Reise verstorbenen Vaters Anchises. Dieser zeigte ihm einige Schatten noch ungeborener Männer. Er erklärte ihm, dass diese einst Äneas Nachkommen sein würden. Einer war Romulus, der zukünftige Gründer Roms. Anchises nannte ihm auch noch weitere Namen von noch ungeborenen Helden und Kaisern. Anschliessend verliessen die zwei Besucher durch ein Elfenbeintor das Totenreich.

Zum Schluss führte Äneas' Irrfahrt in das Siedlungsgebiet der Latiner am Unterlauf des Tibers, also an die Küste von Latium.“

Helmut erklärt ganz stolz:
„Italien hat 20 Regionen. Wir leben in der Region Lazio und Rom ist der Hauptort und Italiens Hauptstadt. Ich habe mich eingelesen."
Tito nickt dem Deutschen anerkennend zu.
Martinus erzählt weiter.
„Der Sage nach ging Äneas mit seinen Leuten in Laurentum von Bord, wo das Volk der Latiner und ihr König Latinus lebten.
Die ausgezehrten Seeleute waren erschöpft und hungrig wie Wölfe. Im Wald suchten sie nach wilden Früchten, brachten sie an den Strand und legten sie auf Fladenbrote, die ihnen die Latiner zubereitet hatten. Sie verschlangen gierig die Früchte mitsamt den Fladen. Jetzt begriff Äneas, dass er am Ende seiner langen Irrfahrt angelangt war, denn er erinnerte sich wieder an den Fluch der Harpyien. Er und seine Leute hatten wirklich so grossen Hunger gehabt, dass sie nicht nur die Früchte, sondern auch die Teller, die Fladen nämlich, verschlungen hatten.
Das Ziel war also erreicht und das Ereignis wurde durch einen Donner des Zeus feierlich bestätigt.
Latinus nahm Äneas gastfreundlich auf, bot ihm die Hand seiner Tochter Lavinia an und machte ihn zu seinem Erben. So wurde Äneas König von Latium."
Tito jubelt:
„Da laust mich gleich die ganze Affenbande! Der König bot ihm sozusagen eine Pizza an und selber hiess er ja fast wie Latina, meine Stadt. Dann bin ich ja vielleicht noch römischer als ein Römer!"
Martinus schmunzelt und nickt ihm zu.
„Aber wie konnte Äneas mit den Einwohnern von Latium sprechen?", will Helmut wissen.

„Das ist eine gute Frage. Erstens, weil die Griechen mit ihren Schiffen regen Handel im Mittelmeer trieben und deren Sprache in vielen Küstenstädten bekannt war. Zweitens, weil zu jener Zeit einige Teile Süditaliens zu Griechenland gehörten. Sie nannten diese Kolonie Magna Graecia oder eben Grossgriechenland.
Bestimmt unterhielten sich die Trojaner und die Latiner auf Griechisch. Im Übrigen war dies die Sprache der Gebildeten, der Wissenschaft und der Kultur.”
Tito begreift.
„Deshalb konnte der König Griechisch sprechen ...”
„... und sich mit Äneas verständigen. Richtig Tito!”, lobt ihn Martinus.
„Die Leute aus der Landschaft Latium sprachen selbstverständlich Latein. Es war damals nichts anderes als ein unbedeutender Dialekt.
Äneas gründete zu Ehren seiner Gemahlin Lavinia die Küstenstadt Lavinium.”
Nun kann sich Tito nicht zurückhalten und jubelt.
„Lavinium! So heisst heute Tor Vaianica. Dort fahren die Römer gerne zum Baden hin. Von den antiken Römern stehen noch einige uralte Mauern und sogar ein Thermalbad.”
Helmut staunt.
„Und du sagst, du hättest während des Unterrichts nicht aufgepasst?”
„Das weiss hier jeder echte Römer”, strahlt Tito stolz.
Martinus grinst und fährt fort:
„Sein Sohn Julus gründete im Landesinneren, am Westufer des Albanersees, eine Stadt. Sie hiess Alba Longa.”
Plötzlich aber unterbricht der kurlige Römer seine interessante Geschichte und räuspert sich:

„Liebe Freunde, mit grossem Bedauern stelle ich fest, dass im heutigen Rom etwas ganz Grundlegendes verloren gegangen ist, nämlich die Gastfreundschaft. Vom vielen Erzählen habe ich einen ganz trockenen Mund gekriegt.”
Tito fährt wie von einer Tarantel gestochen auf.
„Das ist ganz und gar nicht verloren gegangen. Wir Italiener sind weltbekannt für unsere Gastfreundschaft.”
„Es ist nur so, dass ich keinen blassen Schimmer habe, wie diese Maschinen hier funktionieren”, gesteht Helmut und streicht sich verlegen den Schnurrbart glatt.
„Also, ich würde gerne einen frisch gepressten Orangensaft trinken”, bemerkt Tito.
Dann fügt er hinzu:
„Ich fühle mich etwas schwach. Du wirst doch wohl noch eine Fruchtpresse zum Funktionieren bringen, Deutscher!”
„O ja, für mich auch einen Orangensaft!”, bittet Martinus.
„Ich heisse übrigens Helmut, aber wie hast du nur herausgefunden, dass ich ein Deutscher bin?”
„Willst du das wirklich wissen?”
„Gern, denn ich möchte nicht nur etwas vom antiken, sondern auch etwas über das heutige Rom erfahren.”
„Nun denn ... deine Kleidung verrät dich.”
„Wirklich? Soll ich sie auswechseln?”
„Wieso denn, bitteschön? Du gefällst mir bestens so. Aber ein Römer, der etwas auf sich hält, trägt nur am Meer Shorts. In einer Stadt trägt er auch im Hochsommer eine lange Hose.”
„Was ist denn eine Hose?”, möchte Martinus wissen.

In diesem Augenblick tritt Vincenzo der Obdachlose
ein. Sein Schwanken verrät, dass er wie immer leicht beduselt ist.

„Das ist eine Hose, wenn auch eine ziemlich zerschlis-
sene", meint Tito und zeigt auf Vincenzos schmutziges
Beinkleid.

„Ach so, diese bauschigen Beinkleider kenne ich. Sie
wurden von den Galliern getragen. Aber ist es nicht zu
warm für Hosen? Ich glaube, die spinnen, die Römer!",
meint Martinus kopfschüttelnd.

„Also, wenn du das sagst, dann bin ich erleichtert",
lacht Helmut.

Tito zeigt auf Helmuts Füsse.

„Aus diesem Grund liegt es auch auf der Hand, dass
Sandalen ebenfalls zur Strandbekleidung gehören, So-
cken hin oder her."

„Uff, da komme ich ja nur vom Zuhören ins Schwitzen", versichert Helmut und wischt sich den angesam-
melten Schweiss von der Stirn.

Der Bettler Vincenzo hört den Männern interessiert zu,
dann lallt er:

„Gibt es denn heute nichts zu trinken?"

„Kommt gleich!", versichert Helmut und schneidet für
Tito und Martinus vier Orangen entzwei. Dann stellt er
die elektrische Fruchtpresse in Betrieb.

„Ist einfacher als ich gedacht hatte!", erklärt er stolz.

„Das ist fantastisch", jauchzt Martinus, „dieses Ding arbeitet für dich!"

Vincenzo mustert den kurligen Römer von Kopf bis
Fuss.

Der Muskelprotz nimmt einen kräftigen Schluck. Martinus macht es ihm gleich.

„Wirklich erfrischend dieser Orangensaft!", ruft er entzückt.

„Und was darf es für dich sein, Vincenzo?", fragt Tito, der den Bettler gut mag.

Vincenzo wendet sich kopfschüttelnd von Martinus ab und meint schliesslich:

„Zwischendurch brauch ich mal wieder einen Kaffee, bitte!"

Helmut macht ein besorgtes Gesicht.

„Das wird schon schwieriger werden!"

„Vor allem wenn man nicht weiss, was ein Kaffee ist!", murmelt Martinus vor sich hin.

Vincenzo wird hellhörig, nähert sich vorsichtig dem kleinen Römer und riecht an seiner Rüstung. – Er rümpft angewidert die Nase.

„Das ist ja dein Mief!"

„Mief?", fragt der Römer verblüfft.

„Da irrst du dich, das ist kein Mief. Das ist eine Rüstung."

„Mief, Gestank, Fahne, Muff, Aasgeruch oder Pesthauch, nenne es wie du willst, aber du bist der erste Mensch, dem ich begegne, der noch strenger riecht als ich. Wie lange hast du dich nicht mehr gewaschen?"

„Mehrere Jahrhunderte, wenn nicht Jahrtausende, so genau wissen wir es nicht", erklärt Helmut achselzuckend.

Der Bettler setzt einen fragenden Blick auf, aber statt ihm zu antworten, fragt Helmut:

„Was darf's nun sein? Ein Kaffee oder lieber ein Cappuccino?"

Tito schüttelt den Kopf.

„Was ist denn jetzt schon wieder nicht in Ordnung?", will Helmut wissen.

„Ein echter Italiener trinkt den Cappuccino nur am Morgen. Das ist sein Frühstücksgetränk. Dazu isst er ein süsses Gebäck, meistens ein Cornetto."

Helmut steigt die Schamröte ins Gesicht.

„Was hast du denn plötzlich Helmut?", fragt Martinus besorgt.

„Stell dir nur vor: Ich habe nach jedem üppigen Abendessen stolz einen Cappuccino bestellt, sozusagen als Nachtisch."

Jetzt ist es Tito, der sich den Schweiss von der Stirne wischt.

„Komm Helmut! So heisst du doch? Ich zeige dir, wie man einen Kaffee macht!"

Die Kaffeemaschine wird gestopft. Sie zischt und rumpelt und zum Schluss füllt Tito eine kleine Tasse. Er riecht daran.

„Was für ein Aroma!", stellt er stolz fest und stellt die Tasse auf die Theke.

„Aber das ist ja ein Espresso!", bemerkt Helmut und kneift gleich darauf die Lippen zusammen, denn er merkt sogleich, dass er erneut etwas Falsches gesagt hat.

„Espresso gibt es nur für Touristen. Hier in Italien ist das ein ganz gewöhnlicher Kaffee."

„Wirklich? Aber der ist ja soooo klein", rechtfertigt sich der Deutsche.

„Wenn du möchtest, kannst du ihn sogar noch kleiner und stärker haben. Dann musst du einen Ristretto bestellen."

Niedergeschlagen blickt Helmut zu Martinus hinunter. Der kleine Legionär legt dem deutschen Austauschstudenten ermunternd die Hand auf die Hüfte und seufzt:

„Ziemlich lästig was? Aber tröste dich, ich weiss nicht einmal was ein Kaffee ist. Auch das weisse Pulver dort,

das dieser Mann in den Kaffee hineinschüttet, ist mir
unbekannt."
Vincenzo, dem diese Worte nicht entgangen sind, zeigt
leicht zitternd auf Martinus. Er kneift ein Auge zu und
fragt misstrauisch:
„Meinst du etwa den Zucker hier? Anscheinend bin ich
nicht der Einzige, der heute zu viel getrunken hat."
Helmut möchte nicht, dass der Bettler etwas spitzkriegt
und versucht ihn abzulenken. Doch da geschieht etwas
Unerwartetes.
Ein grelles Licht, ein kaum hörbares PLOP und der
kleine Legionär ist verschwunden. An seiner Stelle, und
das kann sich nun jeder denken, erscheint Mario in
strahlender Rüstung.

Kapitel II

Der faule Faulpelz, wie er von allen genannt wird, zieht
täglich dieselbe Runde. Frühmorgens steht die Futter-
suche auf seinem Programm und mittags ruht sich der
kleine Schlingel im Schatten einer Pinie oder einer Zyp-
resse aus. Abends, wenn der Rummel vorbei ist, wird er
langsam wieder munter und streift dann die ganze
Nacht lang im Kolosseum umher oder spielt mit seinen
Artgenossen. Der faule Faulpelz liebt dieses geregelte
Leben, das aus Fressen, Schlafen und Spielen besteht.
Der faule Faulpelz ist ein Kater, der nicht nur – wie übrigens alle Katzen – nachts grau ist, sondern auch tags-
über. Böse Stimmen behaupteten einst, sein Fell sei sogar mausgrau. Aber aus Achtung vor diesem stolzen
Katzenmann einigte man sich am Ende auf ein schlichtes Katzengrau.

Pünktlich wie eine Schweizer Uhr taucht der faule Faulpelz täglich bei Morgenanbruch vor Marios' miniBAR auf.

Dort neben dem randvoll gefüllten Napf steht die schüchterne Luisa. Ihr Arbeitstag beginnt lange bevor sich die Tür des Lokals öffnet.

Sie schaut dem kleinen Schelm beim Fressen zu und freut sich riesig, wenn es ihm schmeckt. Da der Kater um diese Stunde noch sehr schläfrig ist, lässt er sich sogar streicheln. Er mag es hinter den Ohren gekrault zu werden und fängt sogleich laut zu schnurren an. Danach zieht der kleine Streuner zum nächsten Futterplatz.

Die gute Frau packt den leeren Napf in eine Plastiktüte, bleibt vor der Bar stehen und wartet auf Mario, der im ersten Stock wohnt und nie lange auf sich warten lässt. Luisa gehört seit Jahren zu den ersten Morgengästen.

Während sie der aufgehenden Sonne entgegenblinzelt, geht die Tür des Lokals auf, aber statt seines Besitzers ist es der Professore, der den Kopf hinausstreckt.

„Guten Tag, Herr Professore", grüsst die Frühaufsteherin den älteren Herrn überrascht, „darf ich eintreten?"

„Guten Morgen Luisa!", empfängt sie der ältere Herr und rückt sich die Brille zurecht. Dann fügt er höflich hinzu:

„Ich bedaure, aber Sie müssen sich noch ein bisschen gedulden!"

Der Kopf verschwindet und die Tür schliesst sich wieder.

„Ist Luisa schon da?", fragt Mario den Professore besorgt.

„Ja, aber sie wird noch ein Weilchen warten müssen.”
Hinter der Theke lässt Mario die ersten Cappuccini aufschäumen. Neben ihm steht Helmut und schaut seinem Schaffen gespannt zu.
Der herzliche Muskelprotz Tito ist auch eingetroffen. Er trägt keine römische Uniform, denn er hat sich noch nicht umgezogen.
„Pino hat nichts bemerkt”, beginnt Helmut.
Tito fügt hinzu:
„Und Vincenzo war zu beduselt, um zu begreifen, was vor sich ging.”
„Wer ausser uns hat Martinus ebenfalls zu Gesicht bekommen?”, fragt der Professore besorgt.
„Niemand!”, versichern der Deutsche und der Muskelprotz gleichzeitig.
Die heissen Getränke sind fertig und jeder trinkt einen Schluck. Der Professore schaut in die Runde und nickt:
„Gut! Helmut und Tito, habt ihr Mario alles erzählt?”
„Ja, so wie Sie es uns angeordnet haben.”
„Bestens, dann wollen wir unseren Versuch starten.”
Der alte Mann verschwindet kurz in der Besenkammer und erscheint gleich wieder mit der glänzenden Rüstung.
Bei ihrem Anblick werden die Stammgäste ganz aufgeregt.
„Also Mario”, sagt der Professore langsam, „nun zeig uns doch, was du im Keller mit dieser Imperiale Lorica Segmentata genau gemacht hast!”
„Womit?”, flüstert Tito dem jungen Studenten ins Ohr.
„Mit dem Bänderpanzer!”, antwortet ihm dieser mit gedämpfter Stimme.
Mario greift ehrfürchtig nach der Rüstung, holt tief Luft und zieht sie sich über.

Instinktiv weichen Helmut und der Professore einen Schritt zurück und kneifen die Augen zu.

Als sie aber nach einigen Sekunden aufschauen, steht Mario immer noch unverändert da, die Rüstung übergezogen.

Dieser schaut fragend in die Runde. Helmut hebt die Schultern und Tito kratzt sich am Hinterkopf.

„Vielleicht klappt es bei mir", meint Tito und hilft Mario aus der Rüstung hinaus. Aber auch bei ihm geschieht nichts. Vergeblich versuchen es auch die andern.

Da geht die Tür auf. Pino der Busfahrer und Luisa treten herein.

„Guten Morgen! Was ist denn hier los?", fragt der Busfahrer leicht gereizt und verkneift sich das Gähnen.

„Seit wann lässt man die Stammkunden warten? Es ist höchste Zeit, dass ich einen kräftigen Kaffee bekomme!"

„Aber natürlich!", jubelt der Professore und klopft Pino anerkennend auf die Schulter.

„Das ist es! Die Zeit! Das ist vielleicht das Schlüsselwort. Martinus erschien uns gestern und gestern war Dienstag."

„Könnten Sie ein bisschen deutlicher werden?", fragt Helmut kopfschüttelnd.

Der ältere Herr rückt seine Brille zurecht und erklärt:

„Ich habe so eine Vermutung. Vielleicht kann er nur dienstags erscheinen."

„Und wie kommen Sie darauf?", fragt Tito.

„Erstens heisst Martinus nichts anderes als kleiner Mars, zweitens heisst martedì auf Italienisch Dienstag und drittens heisst martedì übersetzt *der Tag des Kriegsgottes Mars.*"

Pino hat seinen Kaffee in einem Schluck geleert, zückt die rosarote Sportzeitung aus der hinteren Hosentasche heraus und stellt sich lesend in eine Ecke. Luisa setzt sich auf den einzigen Stuhl des Lokals und hält ihre warme Cappuccinotasse mit beiden Händen fest. Gespannt hört sie den Männern zu.

„Bedeutet das, dass wir bis zur nächsten Woche auf die römische Geschichte verzichten müssen?", fragt Tito enttäuscht.

Der Gelehrte zieht die Augenbrauen hoch und schlägt vor:

„Wenn ihr wollt, erzähle ich euch etwas darüber."

„Au ja!", jubelt Mario.

„Was wollt ihr denn wissen?", fragt der alte Herr.

„Ich hätte zuerst einmal eine kleine Frage", räuspert sich Helmut.

„Kannten die antiken Römer den Kaffee und den Zucker noch nicht?"

Der Professore stutzt und antwortet mit einem Jein.

„Was soll denn das nun wieder heissen?", fragt Mario überrascht.

„Kaffee und Zucker wurden in der Antike fast ausschliesslich für medizinische Zwecke verwendet und dies schon im antiken Griechenland, also noch vor den Römern. Homer hat die wohltuend belebende afrikanische Kaffeepflanze erwähnt. Dieses Getränk eroberte Europa erst viel später, so um 1600."

Helmut erklärt stolz:

„Homer war der Dichter der Ilias und der Odyssee."

„Richtig! Und Zucker war zur römischen Zeit eine teure Importware. Aber eben, weder Kaffee noch Zucker wurden wie heute konsumiert."

„Und womit süssten die damaligen Leute ihre Speisen?“, will Mario wissen.
Der Professore hat auch zu dieser Frage eine Antwort parat:
„Als Süssstoff verwendete man entweder den einheimischen Honig oder Fruchtsäfte. Erst mit den Kreuzrittern, also um 1100, wurde der Zucker auch in Europa als Süssstoff bekannt.“
„Woher stammen übrigens Äneas’ Geschichten?“, fragt Tito.
„Kaiser Augustus gab dem römischen Dichter Publius Vergilius Marone, kurz Vergil genannt, den Auftrag, ein Ruhmgedicht zu schreiben. Dieses Werk sollte sowohl ihn, den Kaiser, als auch die Stadt Rom verherrlichen. Stattdessen schrieb der Dichter zwischen 29 und 19 vor Christus das *Epos* Äneis, das auf der Grundlage früherer Überlieferungen beruhte.“
„Was ist ein Epos?“, fragt Mario interessiert.
„Ein Epos ist ein Heldengedicht“, belehrt der Professore die Zuhörer.
„Das gefällt uns“, strahlt Mario und fordert ihn auf weiterzuerzählen.
„Dieses Nationalepos erzählt die Gründungsmythen, also die Sagen, des römischen Reiches.“
„Heisst das, dass alles was uns Martinus erzählt hat, erfunden ist?“, fragt Helmut enttäuscht.
Tito lacht lauthals: „Aber nein doch, hast du etwa noch nie gegen einen Zyklopen Tennis gespielt?“
Bevor Helmut etwas dazu einwenden kann, knallt Pino energisch die Zeitung auf die Eistruhe und schimpft:
„Genau! Wieso lassen diese Banausen ihre Stürmer nicht Tennis spielen? Glaubt mir, das wäre viel besser für den Club! Ciao!“

Verärgert verlässt der Fussballnarr strammen Schrittes
die Bar.

Der Professore schaut ihm kopfschüttelnd nach und
nimmt den Faden wieder auf:

„Für die damaligen Leute waren Virgils dichterische Sagen nicht einfache Erzählungen. Die Römer verehrten eine grosse Anzahl von Göttern und waren sehr abergläubisch. Ihre Kinder fürchteten sich beispielsweise vor düsteren Geschöpfen, die in Schauergeschichten vorkamen. Die *Lamia*, um ein Beispiel zu nennen, war eine vampirähnliche Hexe. Nachts drangen die Lamias in die Häuser ein und verzehrten kleine Kinder.

Aber auch die Erwachsenen hatten vor bösen Geistern Schiss. Da waren unter anderem die *Lemuren*. Im Monat Mai feierte man an einigen Tagen die Lemuria. Dann glaubten die Römer, dass die Geister der Verstorbenen umherschweifen und ihre alten Wohnungen aufsuchen würden. Während dieser Tage blieben alle Tempel geschlossen und es wurden auch keine Ehen geschlossen. Ferner gab es noch die *Larven*. Das waren Seelen von bösen Verstorbenen, die nicht ins Totenreich durften und somit verdammt waren, auf der Erde umherzuirren.“

„Konnten diese Larven immer erscheinen?“, fragt Mario, dem es beim blossen Gedanken einem dieser Totengeister zu begegnen, eiskalt den Rücken hinunterläuft.

„Nur nachts. Aber die Larven waren nicht gefährlich, denn sie begnügten sich damit, die Leute zu erschrecken.“

Mario macht ein erleichtertes Gesicht.

„Wie reagierte Kaiser Augustus, nachdem Virgil statt eines Gedichts über ihn und Rom, die Äneis geschrieben hatte?"

„Das ist eine gute Frage, Mario. Der Dichter starb, bevor seine Texte veröffentlicht wurden. Trotzdem hatte es Virgil geschafft, in zwölf Bänden, so umfangreich war die Äneis nämlich, Rom und ihren Herrscher zu glorifizieren, also zu verherrlichen."

„Aber die Geschichte handelt doch von Äneas und die Stadt Rom wurde im Gedicht nicht einmal gegründet", wendet Helmut ein.

„Das stimmt, aber Virgil hatte Äneas so dargestellt, dass der Kaiser sich in diesem Helden selbst wiedererkennen konnte. Die römischen Bürger waren stolz, sich als die direkten Nachkommen eines so tapferen Volkes, wie das der Trojaner, zu erkennen."

Der Professore macht eine lange Pause. Dann meint er entschlossen:

„Für heute ist aber Schluss! Ich schlage sogar vor, dass wir geduldig den nächsten Dienstag abwarten."

Mario und die Gäste sind einverstanden und eine Woche lang wird der geheimnisvolle Römer nicht mehr erwähnt.

Helmut kommt trotzdem täglich vorbei und bestellt sein kühles Bier. Mario lässt den jungen Mann auch ab und zu hinter der Theke mithelfen. Die beiden werden in kurzer Zeit gute Freunde. Der Deutsche lernt schnell und erweist sich sogar als ganz grosse Unterstützung, als eines Tages – wie aus heiterem Himmel – eine Horde durstiger, deutscher Touristen das Lokal stürmt. –

Dann ist es soweit! Sechs lange Tage sind nun vorbei.

Mario, Helmut, Tito und der Professore treffen sich zur
frühen Morgenstunde in der Bar. Luisa und Pino sind
noch nicht eingetroffen. Mario zieht erneut die Rüstung
an. Alle sind gespannt wie nie zuvor. Doch die Enttäu-
schung ist gross, denn auch diesmal will der kurlige Römer nicht erscheinen. Missmutig legt Mario die Rüstung
ab und Tito lässt traurig seinen Kopf hängen.
„Das war's wohl", seufzt der herzliche Muskelprotz,
„wir werden den überaus sympathischen Martinus bestimmt nie mehr sehen."
„Was sollen wir nun mit der Rüstung anstellen?", will
Mario wissen, „die dürfen wir bestimmt nicht einfach
behalten."
Der Professore macht ein ernstes Gesicht.
„Wir müssen sie den Archäologen melden, das ist unsere Pflicht."
Tito räuspert sich.
„Dürfte ich sie heute ausnahmsweise bei der Arbeit tragen? Meine Kollegen würden vor Neid platzen."
„Meinetwegen", antwortet der Professore nach einer
kurzen Bedenkzeit, „aber sei vorsichtig! Und danach
geht sie ab ins Museum. Das steht fest!"
Tito ist ganz aufgeregt und zögert keine Sekunde, die
glänzende Rüstung überzuziehen, doch da wiederholt
sich das Wunder. Ein blendendes Licht und der Muskelprotz ist verschwunden. An seiner Stelle steht Martinus im Raum.
„Beim Jupiter, da bin ich ja wieder!"
„Ich heisse dich in meiner Bar herzlich willkommen!",
sagt Mario feierlich und breitet die Arme aus, um den
Gast nach italienischer Manier zu umarmen, besinnt
sich aber sofort wieder, als ihm ein fürchterlicher Ge-
ruch in die Nase steigt.

„Du musst Mario sein, der Besitzer dieses Lokals."
„Richtig, und man hat mir schon viel von dir erzählt,
Martinus. Was darf ich dir zum Trinken anbieten?"
„Ich hätte gerne einen Kaffee mit Zucker", antwortet
der kurlige Römer prompt.
„Ich hör wohl nicht recht, Martinus", funkt Helmut da-
zwischen, „du weisst doch gar nicht, ob dir das schme-
cken wird."
„Eben deshalb. Ich will schliesslich genauso wie du,
auch etwas vom modernen Rom kennenlernen."
Mario serviert ihm im Handumdrehen einen heissen
Kaffee. Martinus zögert kurz, blickt zuerst ins Tässchen
und darauf in die gaffenden Gesichter der Anwesenden.
Dann süsst er gekonnt seinen ersten Kaffee, zieht den
kräftigen Duft durch die Nase ein und leert das Getränk
in einem Zug.
„Schmeckt ja köstlich!"
Mario bedankt sich mit einer leichten Verbeugung.
„Es ist mir eine Ehre, Martinus."
Der Professore räuspert sich und erklärt:
„Lieber Martinus, wir haben festgestellt, dass du diens-
tags erscheinen kannst und dass immer jemand an dei-
ner Stelle verschwinden muss. Das letzte Mal war es
Mario."
„Wirklich? Und wer ist es diesmal?"
„Tito!", erwidert Helmut.
„Der Latiner?", fragt der kleine Römer überrascht und
zugleich ein wenig enttäuscht.
„Allerdings", sagt der Professore, „aber wieso ist das
so?"
Martinus antwortet mit einem Achselzucken.
„Ich habe nicht die blasseste Ahnung, ehrlich!"

„Wirst du uns wieder Geschichten aus dem antiken Rom erzählen?", fragt Helmut und seine Augen fangen gleich zu leuchten an.

„Wenn ihr euch das wünscht. Aber ich möchte sehr gerne einmal das heutige Rom besichtigen."

Der Professore klatscht in die Hände.

„Was haltet ihr von einem gemeinsamen Spaziergang zum *Palatin*, also zum Hügel, wo diese Stadt der Sage nach gegründet wurde?"

„Das ist eine grossartige Idee!", jubelt Mario.

„Der Hügel ist nur ein Katzensprung von hier entfernt."

Mit Martinus in ihrer Mitte spazieren der alte Herr, Mario und Helmut zum sagenumwobenen Palatin.

Einige Frühaufsteher sind schon unterwegs. Eine Schweizer Reisegruppe erklimmt eben den 50 Meter hohen Hügel. Rote Fähnchen mit weissen Kreuzen drauf gucken aus den Rucksäcken hervor. Martinus schaut ihnen interessiert nach.

Der kleine, bärtige Römer fällt jedoch niemandem auf, denn ums Kolosseum tummeln sich tagein tagaus falsche Legionäre, die sich von und mit den Touristen für wenig Geld fotografieren lassen.

Oben angekommen schaut sich Martinus befremdet um.

„Alles ist weg", stöhnt er.

„Die Paläste und die Tempel sind fort, ja sogar die ärmliche Hütte, in der Romulus angeblich gewohnt haben soll, ist verschwunden."

Helmut klopft dem kleinen Mann tröstend auf die Schulter und fragt:

„Standen zu deiner Zeit prächtige Paläste hier?"

Martinus gibt ihm keine Antwort. Entsetzt betrachtet er die übrig gebliebenen Ruinen. Zwischen den Zypressen entdeckt der bärtige Römer zerfallene Mauern und einsame Säulen.
Der Professore rückt seine Brille zurecht und nimmt sich der Frage des jungen Mannes an. Er erklärt:
„Versucht euch einmal vorzustellen, dass einst auf diesem Hügel riesige und herrliche Paläste standen. Stellt euch vor: Das Wort Palast stammt vom Namen Palatin, also von genau diesem Ort.“
Die Schweizer Reisegruppe hat sich dem älteren Herrn genähert. Alle hören ihm gespannt zu.
Plötzlich fängt Martinus zu schluchzen an. Er jammert: „Alles ist zerstört! Könnt ihr euch überhaupt vorstellen, wie wunderschön es hier oben war?“
Er setzt sich auf eine Wiese nieder und heult kläglich.
Die Schweizer blicken neugierig auf den weinenden Legionär hinunter. Eine besonders dicke Frau mit apfelroten Wangen rümpft die Nase. Sie zögert keinen Augenblick und streckt Martinus einen grossen Geldschein hin. Der Legionär blickt sie erstaunt an.
„Weinen Sie bitte nicht! Und kaufen Sie sich um Himmels Willen eine Seife!“, sagt sie freundlich.
Martinus begutachtet verwundert den grossen Geldschein.
„Ich danke Ihnen für diese Zeichnung!“, sagt er immer noch sehr beklommen, „aber leider weiss ich nicht, was eine Seife ist.“
Die ganze Reisegruppe fährt erschrocken zusammen.
Der Gelehrte hat die missliche Lage erkannt und kommt dem armen Martinus mit einer Notlüge zu Hilfe.

„Unser Legionär hier", erklärt er den Touristen gekonnt, „ist eigentlich, ähm, nun ... ein Fachmann für römische Geschichte. Er versucht, sozusagen als Experi-
ment, so zu leben, wie es die antiken Römer zu tun
pflegten. Wie wir alle wissen, war den antiken Römern
die Seife unbekannt, trotzdem war ihnen die Körper-
pflege sehr wichtig. Denken wir nur an die einzigarti-
gen, beheizten Schwimmbäder, Thermen genannt."
Nach dieser Aussage geht ein grosses Aufatmen durch
die Reisegruppe. Die Schweizer scheinen die Notlüge
geschluckt zu haben.
„Könnten Sie so freundlich sein, uns etwas Wissens-
wertes über diesen Ort hier zu erzählen!", bittet die be-
leibte Frau den kurligen Römer aus gebührendem Abstand.
Der kleine Legionär lächelt ihr zu, erhebt sich, schreitet
in die Mitte des Hügels und schliesst die Augen. Dann
breitet er langsam seine Arme aus, den einen Richtung
Circus Maximus, also nach Süden und den anderen
Richtung Forum Romanum, also nach Norden. Eine
Weile bleibt er reglos stehen, dann atmet er tief ein und
beginnt:
„Rom wurde bekanntlich auf den sieben Tiberhügeln
gebaut. Hier auf dem Palatium wurde Rom jedoch gegründet."
„Wie heissen die sieben Hügel?", will die Schweizerin
wissen.
Der Professore antwortet ihr wie aus einer Kanone geschossen:
„Kapitol, Aventin, Quirinal, Viminal, Esquilin, Caelius
und eben Palatin, oder Palatium, wie ihn unser Fachmann zu nennen pflegt."

Für diese prompte Antwort erntet der ältere Herr einen ausgiebigen Applaus.

„Vielen Dank, aber das weiss hierzulande jedes Schulkind.”

Martinus übernimmt wieder das Wort.

„Nun, Äneas' Sohn Julus gründete eine Stadt im Landesinnern, Alba Longa.”

Mario kann es sich einfach nicht verkneifen und räuspert sich:

„Entschuldige die Unterbrechung, Martinus! Ich bin darüber informiert, dass es Alba Longa heute nicht mehr gibt, aber von diesem Ort weiss man, dass er bei Castel Gandolfo, unweit von Rom lag. Der Wein der Castelli ist übrigens bei den Römern sehr beliebt und heute befindet sich dort der Sommersitz des Papstes.”

Martinus versteht nur Bahnhof, nimmt aber trotzdem seine Geschichte wieder auf.

„Etwa 200 Jahre später herrschte dort der König Numitor. Er war ein sanfter und gutmütiger Mann. Sein Bruder Amulius hingegen war bösartig und herrschsüchtig. Er entriss Numitor den Thron und zwang die Königstochter Rhea Silvia eine vestalische Priesterin zu werden. So konnte sie nicht mehr heiraten oder Kinder gebären, die ihm den Thron hätten streitig machen können.”

„Ganz schön gerissen der Mann!”, bemerkt die dicke Schweizerin.

„Schon, aber der Kriegsgott Mars machte ihm einen Strich durch die Rechnung. Er verliebte sich in die schöne Vestalin und diese gebar ihm die Zwillinge Romulus und Remus.”

„Heisst das, dass die Zwillinge, wie schon Äneas, Halbgötter waren?”, fragt Mario.

„Genau und als Nachkommen des Äneas waren sie deshalb noch Nachkommen einer wichtigen Göttin.”
„Der Göttin Venus!”, erklärt der junge Deutsche stolz.
„Richtig! Aber wie du dir denken kannst, freute sich Amulius gar nicht über die Neugeborenen, denn diese hatten ein Anrecht auf den Thron. Deshalb liess er seine Nichte Rhea Silvia kurzerhand ins Gefängnis werfen und befahl, die beiden Knaben in einer Zinkwanne im Tiber auszusetzen.”
Helmut kann sich nicht zurückhalten, weist nach Süden, Richtung Fluss und erklärt:
„Aber auch dieser Plan scheiterte, denn der Tiber war in jenen Tagen über die Ufer getreten und die Wanne der beiden Halbgötter Romulus und Remus blieb am Fusse des Palatins an einem Feigenbaum hängen. Ihr Vater, der Kriegsgott Mars, kam ihnen zu Hilfe. Er sandte den beiden Babys zwei heilige Tiere, nämlich eine Wölfin, welche die weinenden Knaben in ihre Höhle brachte und säugte und einen Specht, der die Zwillinge mit fester Nahrung versorgte.”
Martinus staunt und Helmut überlässt dem Legionär wieder das Wort.
„Faustulus, ein Hirte des Königs, fand die beiden Kinder und zog sie auf. Als Erwachsene erfuhren sie ihre Geschichte und rächten das Verbrechen. Sie stürmten den Palast von Alba Longa, erschlugen den bösen Onkel, befreiten ihre Mutter aus dem Gefängnis und setzten den Grossvater Numitor wieder auf den Thron.
Weil es den beiden Brüdern jedoch zu lange ging, bis sie selbst regieren durften, beschlossen sie kurzerhand eine Stadt zu gründen, und zwar dort, wo sie einst von der Wölfin gefunden wurden, also bei diesen Hügeln hier.

Es stellte sich jedoch die Frage, welcher der sieben Hügel der geeignetste war. Ein göttliches Zeichen sollte darüber entscheiden. Aus diesem Grund stiegen eines Morgens Remus auf den Mons Aventinus oder auf den Aventin, wie ihr diesen Hügel heute zu nennen pflegt, und Romulus auf den Palatium. Die Zwillinge führten eine Vogelschau durch. Über Remus' Kopf zogen an diesem Morgen sechs Geier vorbei, doch Romulus erblickte doppelt so viele, die unter Blitz und Donner vorüberflogen. Sie wussten jetzt, dass er die neue Stadt auf diesem Hügel hier gründen sollte."
Mario strahlt.
„Und wann genau war das Martinus?"
Doch zu Marios Verblüffung, rufen alle Schweizer gleichzeitig im Chor:
„SIEBEN, FÜNF, DREI – ROM KROCH AUS DEM EI! "
Mario und Martinus machen grosse Augen, denn sie verstehen diesen Reim nicht. Der Legionär fragt deshalb schüchtern:
„Was bedeutet dieser Vers?"
Helmut klopft ihm auf die Schulter:
„Entschuldige Martinus, aber wie hat man sich zu deiner Zeit wichtige Jahreszahlen gemerkt? Um uns historische Daten zu merken, nehmen wir sogenannte Eselsbrücken zu Hilfe. Die immer kleiner werdenden Primzahlen Sieben, Fünf und Drei ergeben nacheinander aufgesagt das Gründungsjahr der Ewigen Stadt."
Diese letzten Worte treffen den kleinen Römer wie ein Faustschlag ins Gesicht und er fängt zu brüllen an:
„EWIGE STADT? Ewige Stadt, sagst du? Soll das ein Witz sein? Schau dich doch um! Alles ist zerstört."

Dann verschränkt der kleine Römer verärgert seine Arme und schmollt.

Die dicke Frau winkt alle zu sich hin und flüstert:

„Spielt der Mann nicht ausgezeichnet? Er tut so, als wäre er eben erst aus dem antiken Rom direkt in die Neuzeit gelandet.”

Der Professore räuspert sich und fordert die Touristen auf, ein paar Schritte zu gehen, damit der Legionär sich wieder fassen kann.

Nach wenigen Metern flüstert ihm Mario verlegen ins Ohr:

„Es ist mir peinlich, aber ich habe den Reim mit sieben, fünf, drei nicht begriffen.”

Der Professore leistet dem Barbesitzer Hilfe:

„Heute haben wir eine andere Zeitrechnung als damals im antiken Rom. Unsere Zeitrechnung beginnt mit Christi Geburt, also im Jahr Null. Sieben, fünf, drei heisst nichts anderes als 753 vor Christus, also noch vor der Zahl Null.”

„Sozusagen 753 unter null”, lacht die Schweizerin, die heimlich mitgelauscht hat.

„Bei den Römern”, erklärt der Professore, „begann die Zeitrechnung mit der Gründung Roms.”

Mario scheint zu begreifen.

„Wenn ein Römer also sagte, er sei im Jahre 753 zur Welt gekommen ...”

„... dann ist er laut unserer Zeitrechnung im Jahre Null geboren”, beendet der ältere Herr den Satz.

„Jetzt habe ich es verstanden!”, jubelt Mario.

Der Professore wendet sich wieder der Reisegruppe zu.

„Vielleicht interessiert es Sie zu wissen, dass wir jährlich am 21. April den Geburtstag unserer Stadt feiern.”

Mario erklärt stolz: „Genau, denn Rom – das weiss ich nun – wurde der Sage nach am 21. April 753 vor Christus gegründet."

Der Professore grinst.

Helmut und der kleine, geknickte Römer holen die Gruppe ein.

„Geht's dir besser?", fragt der Gelehrte besorgt.

Martinus nickt stumm.

„Fein, dann kannst du uns doch noch ein bisschen weitererzählen!", strahlt Mario unbeschwert.

Der kleine Legionär fährt – nun sichtlich besser gelaunt – mit seiner Geschichte fort:

„Romulus machte sich sogleich ans Werk. Er spannte eine weisse Kuh und einen Ochsen vor den Pflug und zog eine quadratische Furche, die den Umkreis der neuen Stadt markieren sollte. Die neue Stadt trug seinen Namen, nämlich Rom. Dann verkündete er stolz:

„Wehe dem, der die Stadtgrenze ohne meine Erlaubnis überschreitet!"

Aber der neidische Remus übersprang spöttisch die von Romulus gezogene, heilige Furche. Dies war für Romulus Grund genug, um seinen Bruder Remus mit dem Schwert zu töten.

Remus wurde auf dem Mons Aventinus begraben. Von da an war der Palatin der Hügel der Gewinner und der Aventin der Hügel der Verlierer."

Der junge Deutsche kennt die Geschichte, doch etwas ist ihm noch nicht ganz klar:

„Woher holte Romulus nach diesem Brudermord die Bürger? Denn eine Stadt ist für einen einzigen doch ein bisschen zu gross."

Martinus stimmt ihm zu.

„Romulus versuchte bald nach der Gründung einige Siedler anzulocken. Er erklärte Rom zu einer Freistadt und versprach allen Schutz zu gewähren, die sich innerhalb seiner Stadtmauer niederlassen würden. Es kamen zahlreich vertriebene, landlose Bauern, arbeitslose Handwerker und gescheiterte Händler daher. Dieses Angebot lockte aber auch viele Verbannte, Verfolgte und Verbrecher an."
Mario erkundigt sich:
„Wie wollte Romulus all diesen Leuten Schutz bieten? Oder hatte er schon eine Armee?"
Der kleine Römer nickt und lächelt verschmitzt:
„Ihr zwei stellt wirklich sehr gute Fragen. Alle männlichen Neusiedler mussten Wehrdienst leisten, denn Rom hatte keine Armee; Rom war eine Armee! Jeder musste für den Kriegsfall allzeit bereit sein."
Die dicke Touristin bemerkt selbstbewusst:
„Genau wie bei uns in der Schweiz! Alle Männer müssen Wehrdienst leisten und allzeit einsatzbereit sein. Deshalb hat auch jeder Schweizer Soldat ein Sturmgewehr zu Hause."
Martinus ist verwirrt, lächelt der Frau aber höflich zu. Dann erzählt er weiter:
„Aber bald tauchte ein weiteres Problem auf. In der jungen Stadt lebten fast ausschliesslich Männer. Die Unzufriedenheit unter den neuen Bürgern wuchs täglich. Romulus wusste nicht, was er machen sollte, denn nur wenige Frauen waren bereit, arme Bauern, mittellose Handwerker oder gar Verbrecher zu heiraten. Der durchtriebene Romulus hatte jedoch eine Idee. Ein Jahr nach der Gründung seiner Stadt veranstaltete er mit seinen Bürgern, damals noch Latiner genannt, ein Fest mit sportlichen Wettkämpfen und einem herrlichen

Bankett. Zu dieser Veranstaltung lud er auch die Sabiner ein. Diese waren die unmittelbaren Nachbarn der Römer und wohnten auf dem Mons Quirinalis.”

„Heute schlicht *Quirinal* genannt und Sitz des italienischen Staatspräsidenten”, flüstert der Professore Helmut ins Ohr.

„Ich weiss genau, was jetzt kommt!”, jubelt Mario stolz.

„Ich verrate aber nur soviel: Romulus bestand darauf, dass die Gäste ganz viele junge Frauen mitnehmen sollten.”

„Das ist richtig. Das Fest war wirklich herrlich. Die Sabiner genossen die Gastfreundschaft der Latiner. Sie langten tüchtig zu und tranken über den Durst.

Doch dann geschah es: Plötzlich, mitten im Gelage, raubten die Römer die jungen Sabinerinnen, die ahnungslos zum Fest eingeladen worden waren.”

Die dicke Frau zeigt auch, was sie darüber weiss: „Dieses Ereignis ging in die Geschichte ein. Man spricht vom *Raub der Sabinerinnen.*”

„Ich wette, dass es einen furchtbaren Kampf gab, den die Latiner für sich entschieden. Dabei starben die Sabiner unter den Schwerthieben ihrer Gastgeber erbärmlich”, befürchtet der junge Deutsche zornig, dem die betrogenen Sabiner und deren Frauen leidtun.

„Nein, lieber Helmut, es kam viel besser. Da es sich um ein Sportereignis gehandelt hatte, waren die betrogenen Sabiner ohne Waffen gekommen. Sie ergriffen die Flucht und die geraubten Mädchen wurden gezwungen, römische Junggesellen zu heiraten.

Erst ein Jahr später kam es zur Auseinandersetzung, als die Sabiner mit einem starken Heer zurückkehrten. Die Brüder und Väter der Frauen hatten Rache geschworen. Sabiner und Latiner lieferten sich einen erbitterten

Kampf. Doch da drängten sich die Sabinerinnen auf das
Schlachtfeld und riefen zum Waffenstillstand auf.”
Mario schüttelt den Kopf.
„Also, das verstehe ich nun gar nicht. Waren die Frauen
denn nicht froh darüber, dass ihre Väter und Brüder
den hinterlistigen Römern Mores lehren wollten?”
„Nur Geduld Mario! Ich will dir gleich erklären, wieso
die Frauen das Ende des Gefechtes forderten. Da viele
von ihnen schwanger waren, bangten sie nicht nur um
ihre Brüder und Väter, sondern auch um ihre zukünfti-
gen Kinder und um ihre Ehemänner. Sie wurden ange-
hört und so kam es, dass die Römer und die Sabiner die
Waffen niederlegten.
Ja, sie beschlossenen sogar, sich zu einem einzigen Volk
zu vereinigen. Romulus und der Sabinerkönig Titus Ta-
tius sollten zusammen herrschen, doch das Schicksal
meinte es gut mit Romulus: Die Doppelherrschaft dauerte nicht lange. Der Sabinerkönig starb bald nach der
Vereinigung beider Völker und Romulus wurde unverhofft zum Alleinherrscher einer bevölkerten Stadt.”
„Unverhofft kommt oft, wie man bei uns in Deutschland so schön zu sagen pflegt”, bemerkt Helmut beiläufig.
„Romulus’ Armee war bald 3’000 Mann stark. Seine
Leibgarde, die *Liktoren*, zählte 12 Mann. Er teilte das
Volk in vollberechtigte *Patrizier* und in minderberech-
tigte *Plebejer* auf. Unter den reichen und wichtigen Bürgern, eben Patrizier genannt, wählte Romulus 100 Fa-
milienväter aus, die ihn beim Regieren beraten sollten.
Diese 100 Männer nannte man *Senatoren*; zusammen
formten sie den Senat. Romulus führte einen eigenen
Kalender ein, indem er das Jahr in zehn Monate

unterteilte und den ersten Monat seinem Vater, dem Kriegsgott Mars weihte.

Romulus blieb 37 Jahre lang an der Macht und verschwand während eines Sturms spurlos vor den Augen seiner Soldaten in einer schwarzen Wolke. Der Kriegsgott Mars war höchstpersönlich gekommen, um seinen Sohn in den Götterhimmel zu holen. Romulus war Roms erster König und wurde nach seinem Verschwinden selbst als ein Gott verehrt, nämlich als Gott Quirinus. Der Quirinal, einer der sieben Hügel, wurde nach ihm benannt."

Der kleine Legionär bekommt am Ende seiner Erzählung einen tosenden Applaus.

„Praffissimo!", jubelt die dicke Schweizerin mit einem fürchterlichen Akzent und hält ihm einen weiteren Geldschein hin.

„Noch ein Stück Papyrus? Vielen Dank! Wie hiess doch gleich Ihr Land?", fügt Martinus hinzu.

„Wir kommen aus der Schweiz. Früher nannte man uns Helvetier."

„Helvetier? Aber klar doch! Kleiner Volksstamm, grosser Käse! Apropos Käse, das Erzählen hat mich hungrig gemacht", sagt Martinus und klopft sich auf den Bauch.

Der Professore schaut auf die Uhr und stellt fest, dass es knapp 9.30 Uhr ist.

„Ein reichhaltiges Frühstück wäre jetzt angebracht."

Nachdem sich die vier Männer von der Reisegruppe verabschiedet haben, kehren sie zur miniBAR zurück. Vor der verschlossenen Tür steht Luisa und wartet geduldig.

„Guten Morgen meine Liebste!", begrüsst sie der Gelehrte freundlich und rückt seine Brille zurecht.

„Guten Morgen, Professore", antwortet die schüchterne Frau kaum hörbar.
Mario schliesst die Tür auf und Luisa nimmt wie gewohnt auf dem einzigen Stuhl Platz.
Als Martinus bei ihr vorbeigeht, hält sie sich angeekelt die Nase zu.
„Bevor wir frühstücken, wird es Zeit, dass du dich einmal ordentlich wäschst", meint der junge Deutsche ehrlich.
„Mit einer Seife?", fragt Martinus interessiert.
„Womit denn sonst?", erkundigt sich Mario und führt den erfreuten Legionär in den ersten Stock hinauf.
Kaum sind die beiden Männer verschwunden, räuspert sich der Professore und wendet sich Helmut zu.
„In Rom gab es sehr viele öffentliche *Thermen*, also Bäder. Das Wasser gelangte über eine Vielzahl von Aquädukten in die Stadt. Die Römer liebten das tägliche Baden. Die Sauberkeit war jedoch nicht der wichtigste Grund, warum man diese Thermen aufsuchte.
In der *Palestra* trieb man Sport und im warmen *Caldarium* traf man sich mit Freunden und tauschte Meinungen aus."
„Wissen Sie, womit sich die Römer wuschen?", fragt Helmut neugierig.
„In den Thermen gab es zwei Möglichkeiten, um ins Schwitzen zu kommen. Entweder man trieb Sport oder man suchte einen besonders heissen Raum auf, das *Sudatorium*. Danach wurden die Besucher von Sklaven mit feinem Sand eingerieben. Diese strichen den Schwitzenden das Schweiss- und Sandgemisch mit einem besonderen Schabeisen, *Strigilis* genannt, vom Körper."
„Das Wort Strigilis hört sich ja fast wie Striegel an", bemerkt Helmut.

„Deine Ohren täuschen dich nicht, mein Junge!",
schmunzelt der ältere Herr, „dieser Ausdruck stammt
tatsächlich vom römischen Schabeisen ab, eben dem
Strigilis."
„Die alten Römer striegelten also nicht nur ihre Pferde,
sondern auch sich selbst."
Dieser Gedanke lässt den deutschen Hünen laut auflachen.

„Die meisten Besucher schwammen danach auch mehrere Längen in dem eigentlichen Becken und liessen
sich am Schluss in einem kühlen Raum, dem *Tepidarium*,
mit duftenden Ölen einstreichen."
Luisa hat aufmerksam zugehört. Ihr steigt plötzlich ein
angenehmer Duft in die Nase. Mario und der kleine Römer treten in den Raum. Martinus strahlt übers ganze
Gesicht.
„Ich fühle mich wie neugeboren!", verkündet er heiter.
„Und das sogar ohne gestriegelt worden zu sein", lacht
Helmut.
Martinus versteht den Witz nicht und lehnt sich erwartungsvoll an die Theke. Mario lässt die warmen Cap-
puccini aufschäumen.
„Was isst du gewöhnlich um diese Zeit?", erkundigt
sich Mario.
„Das Frühstück ist unsere leichteste Mahlzeit. Ich esse
meist ein Stück Brot mit Käse und trinke Wasser. Heute
ziehe ich jedoch einen Cappuccino mit etwas Zucker
vor."
Und während die Stammgäste genüsslich in ihre süssen
Cornetti beissen, verzehrt Martinus ein Schinkenbröt-
chen.
Als Vincenzo in die Bar tritt, ist jeder schon bedient.
Der Obdachlose ist wie immer ein bisschen beduselt.

Kaum erblickt er den kleinen Römer, nähert er sich ihm argwöhnisch und leicht schwankend. Dann riecht er an ihm und schüttelt energisch den Kopf.

„Nein, nein! Hab' mich wohl getäuscht. Du bist nicht das als Legionär verkleidete Stinktier, das weder Kaffee noch Zucker kennt", lallt er. Dann ruft er mit kräftiger Stimme:

„Mario, ein Glas Weisswein, bitte!"

Der Barmeister zögert keinen Augenblick und stellt dem Bettler ein halbgefülltes Glas hin.

Dann flüstert er Martinus zu:

„Jeder Lokalbesitzer hier am Platz kennt Vincenzo. Er ist ein lieber Kerl. Da er oft nicht bezahlen kann, schenkt ihm jeder täglich etwas. Mit Alkohol halten wir uns aber ihm zuliebe zurück."

Der Legionär findet diese Geste grosszügig.

„Der arme Mann", murmelt Martinus, „wenn ich ein bisschen Geld hätte, würde ich es ihm geben."

Helmut grinst.

„Aber du hast doch Geld. Die Frau auf dem Palatin hat dir zwei fette Geldscheine geschenkt."

Martinus, dem es nun dämmert, zieht die Augenbrauen hoch.

„Habt ihr tatsächlich Papyrusgeld? Gibt es keine Sesterze und Talente mehr? Und ich Dummkopf dachte, es seien Zeichnungen."

Vincenzo spitzt die Ohren, nähert sich dem Römer misstrauisch und holt tief Luft. Doch bevor dieser etwas sagen kann, steckt ihm Martinus heiter die beiden Geldscheine zu.

„Hier für dich!"

Der Bettler traut seinen Augen nicht. Erstaunt hält er das viele Geld in seinen zittrigen Händen.

Er ist so verblüfft, dass er das grelle Licht und das kaum hörbare PLOP nicht wahrnimmt.

Als sich Vincenzo beim grosszügigen Martinus bedanken will, steht an seiner Stelle, und das kann sich nun jeder denken, Tito der Muskelprotz in strahlender Rüstung vor ihm.

Kapitel III

Der Verkehr ist Roms grösste Plage. Tausende Autos strömen tagaus tagein ununterbrochen durch Italiens Hauptstadt. Die Strassen, welche sternförmig von der Altstadt wegführen, sind nichts anderes als neu gepflasterte Römerstrassen. Viele tragen noch ihre ursprünglichen Namen. Einige von ihnen sind sehr lang und verbanden schon in der Antike diese Metropole mit anderen Gebieten des Reiches.

Am Morgen, wenn die Angestellten von den Aussenquartieren und den Nachbarsorten in die Stadt strömen, bilden sich an vielen Stellen regelmässig dichte Verkehrsstaus. Tito kann ein Lied davon singen und er muss oft an den Spruch *Alle Strassen führen nach Rom* denken. In seinem kleinen Auto fährt er immer frühzeitig von Zuhause los, um vor den berüchtigten Stosszeiten am Arbeitsplatz zu sein.

Der freundliche Muskelprotz ist ein gemütlicher Fahrer. Er bewahrt am Steuer stets ruhig Blut, auch wenn er immer wieder haarscharf von Motorrollern überholt wird. Heute sind jedoch keine Roller unterwegs. Ein gutes Zeichen? Nein. Es regnet in Strömen.

Wer schon mal in Rom war, weiss, dass bereits der kleinste Regen den Verkehr lahmlegen kann. Die

Strassen stehen dann in kurzer Zeit unter Wasser und die Autofahrer kommen nicht mehr vom Fleck.

Zumal heute die meisten ihre Zweiräder zu Hause gelassen haben und in ihren Autos unterwegs sind, ist der Verkehrsfluss noch zäher als sonst. Tito ist sich bewusst, dass er unter solchen Umständen nicht pünktlich beim Kolosseum eintreffen kann und auch, dass es diesmal kein gewinnbringender Arbeitstag sein wird.

Nach einigen Kilometern unter dem strömenden Regen ist es dann so weit: Tito bleibt im Verkehr stecken. Grosse Tropfen klatschen auf sein Autodach. An jedem anderen Tag würde er die nächste Ausfahrt nehmen und nach Hause zurückfahren. Aber heute denkt er nicht daran, denn heute ist Dienstag.

In der miniBAR herrscht schon reges Treiben. Während Pino genüsslich die rosarote Fussballzeitung studiert, stehen seine Fahrgäste im schützenden Lokal dicht beieinander und warten geduldig auf ihren Fahrer. Der warme und anhaltende Regen schlägt gegen die Scheiben, trommelt auf das Vordach und prasselt auf das Kopfsteinpflaster nieder.

Eine junge Frau mit blond gefärbtem Haar hat es anscheinend ziemlich eilig. Sie stellt sich breitbeinig vor Pino hin und fragt mit energischer Stimme:

„Würde der Herr uns entgegenkommen und ausnahmsweise ein bisschen früher abfahren als sonst?"

Pino senkt kurz das Tageblatt und lächelt der jungen Frau geduldig zu. Dann blickt er gelassen auf seine Uhr und seufzt entschuldigend:

„Ich muss mich an die Abfahrtszeiten halten. Sie wissen, wie das mit den öffentlichen Fahrzeugen in Rom ist: Man weiss zwar, wann man von der Endstation abfährt, aber nicht, wann man zurück sein wird.”

Doch als die junge Frau strammen Schrittes zur Kasse schreitet und ihr Portmonee mit einem grossen rotgelben AS Rom Abzeichen zückt, besinnt sich der Busfahrer urplötzlich, legt seine Zeitung geschwind auf die alte Eistruhe und verkündet feierlich:

„Meine Herrschaften, ich bitte um Ruhe! Weil alle Fahrgäste schon hier beisammen sind, fahren wir heute ausnahmsweise ein paar Minuten früher los. Ich bitte Sie, ihre Rechnungen gleich jetzt zu begleichen und danach sofort einzusteigen!”

Beim Herausgehen hakt sich Pino elegant bei der jungen Frau ein, die ihr Portmonee immer noch in den Händen hält und lächelt ihr zu:

„Liebe Frau, einem soooo schönen Portmonee kann ich als eingefleischter AS Romfan einfach nicht widerstehen.”

Die Fahrgäste legen beim Verlassen des Lokals noch einige Münzen auf die Theke oder in die farbige Terrakottaschale und wünschen Mario einen schönen Tag.

Der Besitzer der miniBAR ist trotz des Regens guter Laune und freut sich schon auf Martinus wöchentliches Erscheinen. Er muss sich jedoch gedulden, denn der deutsche Austauschstudent und der alte Professore treffen später als verabredet ein. Erst kurz vor Mittag betreten die beiden Stammgäste pitschnass das Lokal. Mario informiert:

„Tito wird auch bald hier sein. Er sitzt im Stau fest.”

„Lieber Professore”, beginnt Helmut nachdem er sein erstes Bier in einem Zuge geleert hat, „weil wir sowieso die Zeit totschlagen müssen, bis Tito aufkreuzt, gestatten Sie mir, Ihnen noch einige Fragen zu stellen, die mir schon die ganze Woche über im Kopf herumgeschwirrt sind!"

„Nur zu, junger Mann! Ich hoffe, dass deine Fragen nicht zu verzwickt sind!"

„Wie hat sich Romulus' Kalender, der aus zehn Monaten bestand, in unseren heutigen entwickelt?"

„Diese Veränderung hat der zweite mythische König Roms fertiggebracht."

„Was heisst *mythisch*?", will Mario wissen, der fleissig Brötchen belegt.

„Wenn ich sagenhafter König sage, dann wird dir die Bedeutung sofort klar."

Mario nickt dankend. Auf der Theke abstützend hört er dem Professore gespannt zu.

„Numa Pompilius, der zweite König, stammte von den Sabinern ab. Er war von sanfter Natur und das Kriegswesen interessierte ihn deshalb nicht. Er fügte dem römischen Kalender noch zwei weitere Monate hinzu, nämlich Januar und Februar. Eigentlich stimmt es so gesagt nicht, denn er fügte sie nicht hinzu, sondern setzte sie vor dem ursprünglichen ersten Monat hin."

„Das bedeutet, dass der März früher der erste Monat war", bemerkt Helmut scharfsinnig.

„Genau, und wenn du gut hinhörst, merkst du diesem Monatsnamen etwas an."

„Dass dieser Monat vom Kriegsgott Mars stammt, der wiederum Romulus' angeblicher Vater und deshalb der Schutzpatron des römischen Volkes war."

„Richtig! Und weil der März der erste Monat war, kann man aus den Monatsnamen September, Oktober, November und Dezember ebenfalls etwas heraushören."

Mario merkt es sofort, denn sieben, acht, neun und
zehn heissen auf Italienisch sette, otto, nove und dieci.
Freudig verkündet er seine Entdeckung:
„Diese Monate tragen keine Namen, so wie der Monat
März, sondern waren schlicht der siebte, achte, neunte
und zehnte Monat des ursprünglichen Kalenders."
Helmut bedankt sich bei den zwei aufgeweckten Her-
ren und meint:
„Jetzt haben wir wieder ein Geheimnis gelüftet."
Der Professore wird bei diesen Worten nachdenklich.
„Aber ein anderes, wichtiges Rätsel bleibt weiterhin un-
gelöst."
Helmut stimmt ihm zu.
„Wieso erscheint Martinus immer nur dienstags?"
„Es ist auch seltsam, dass die Rüstung nur einmal bei
derselben Person wirkt", murmelt der Professore in
sich gekehrt.
Mario möchte gerne noch etwas von den anderen Kö-
nigen erfahren und der Professore kommt seiner Bitte
gleich nach:
„Ein wichtiger König war sicher der dritte. Er hiess Tul-
lus Hostilius und stammte aus Etrurien. Dieser gewalt-
süchtige Herrscher verteidigte erfolgreich die junge
Stadt gegen die nördlich gelegene Nachbarsstadt Veji,
danach begann er das Hoheitsgebiet der Römer zu vergrössern. Tullus Hostilius eroberte und zerstörte Alba
Longa. Er zwang die Einwohner Albas nach Rom über-
zusiedeln. So verdoppelte sich Roms Einwohnerzahl im
Nu."
„Ein geschickter Zug!", äussert sich der deutsche Hüne
und streicht sich seinen Schnurrbart glatt.
„Eine Strategie, die übrigens auch andere Könige übernahmen, wie zum Beispiel Ancus Marcius, der vierte

König. Dieser siedelte die besiegten Nachbarsstämme auf dem Aventin an.

Ebenfalls liess er die erste Holzbrücke zur Tiberinsel bauen. Diese Pfahlbrücke nannte man Pons Sublicius. Er gründete den römischen Hafen Ostia, der für den Handel der wachsenden Stadt sehr wichtig wurde. Im Übrigen war auch er etruskischer Abstammung.

Der fünfte König, Lucius Tarquinius Priscus, ein weiterer Etrusker, ging wegen seiner Bauten in die Geschichte ein. Er liess den weltberühmten Circus Maximus bauen, wo täglich bis zu 100 atemberaubende Pferderennen stattfanden, das Sumpfgebiet zwischen dem Palatin, Kapitol und Quirinal entwässern, und zwar da, wo später das Forum Romanum, also der Stadtkern, entstehen sollte und dort einen unterirdischen Abwasserkanal anlegen, der zur *Cloaca Massima* führte, die – man höre und staune – noch heute funktioniert."

„Also, das musst du mir nicht übersetzen, Mario", lacht Helmut und hält sich beim blossen Gedanken an den Gestank in der grossen Kloake die Nase zu.

Da geht die Tür auf und Tito tritt herein. Sein Haar klebt ihm auf der nassen Stirn.

„Wieso hältst du dir die Nase zu, Helmut", fragt der freundliche Muskelprotz, „ist etwa Martinus schon hier?"

„Bestimmt nicht. Wir haben doch auf dich gewartet."

„Wer von euch wird heute die Rüstung anziehen?", fragt Tito gespannt. Der Professore und Helmut schauen sich kurz an. Der junge Deutsche zögert keinen Augenblick und verschwindet ins Nebenzimmer. Kurz darauf erscheint der Legionär Martinus.

„Beim mächtigen und gewaltigen Jupiter", ruft er heiter, „da bin ich ja wieder!"

„Und wie gut du riechst", bemerkt Tito. Überschwänglich umarmt er den kleinen Römer und wirft ihn ein paar Mal triumphierend in die Luft, so dass seine Rüstung rasselt und scheppert.

Taumelnd und mit feuerrotem Kopf tritt Martinus nach diesem leidenschaftlichen Empfang an die Theke und bestellt einen Cappuccino.

Auch Luisa und Pino tauchen auf und nehmen ihre Plätze ein; der Busfahrer bei der alten Eistruhe und die schüchterne Frau auf dem einzigen Stuhl.

„Was sollen wir heute anstellen?", fragt der kleine Legionär gutgelaunt und guckt in die Runde.

„Schaut nur, der Regen lässt nach! Was hältst du von einer Stadtrundfahrt Martinus?", fragt der Professore.

Der kleine Römer ist von dieser Idee zwar Feuer und Flamme, doch Tito und Mario müssen ihn mit all ihren Kräften stossen und ziehen, bis der Römer endlich im Bus sitzt.

Die Wolken haben sich verzogen und binnen kurzem brennt die Sonne unerbittlich vom Himmel herab. Sie müssen nicht lange auf Pino warten.

Der Busfahrer setzt elegant seine Sonnenbrille auf und klemmt sich hinter das Lenkrad. Als der Motor anspringt, müssen Tito und Mario den verängstigten Römer, der sich verzweifelt loszureissen versucht, nochmals gut festhalten. Nach wenigen Minuten gibt er auf. Leichenblass und stocksteif sitzend schaut er interessiert zum Fenster hinaus. Der Professore und Luisa gesellen sich zu ihm.

Bis zum Hauptbahnhof Termini sind die Stammgäste der miniBAR die einzigen Fahrgäste.

Beim Ausgang des Terminals angelangt, zeigt der Professore auf die Reste einer uralten Steinmauer. Er erklärt:
„Der sechste König Servius Tullius liess die ursprüngliche Stadtmauer vergrössern. Hier sieht man noch das grösste und bedauerlicherweise auch letzte Überbleibsel der berühmten Servianischen Stadtmauer. Die mächtige Absperrung wurde vor mehr als 2500 Jahren errichtet und umfasste ursprünglich alle sieben Hügel. Diese unscheinbaren Reste hier sind uralte Mauerwerke der Stadt.”
Der Bus fährt durch die belebte Metropole. Martinus Laune wird je länger, je besser, obwohl er dauernd erschrickt. Einmal springt er auf, als ein laut heulendes Krankenauto den Bus überholt und zuckt immer wieder zusammen, wenn die Türen zischend auf und zugehen und Passagiere ein- oder aussteigen. Gespannt begutachtet er die Verzierungen an den Häusern, schaut den hupenden Autos nach und beobachtet die geschäftigen Menschen auf den Strassen.
„Wie aufregend das alles für mich ist!”, jubelt er immer wieder.
Keiner schenkt dem kurligen Römer besondere Beachtung, nicht einmal als dieser – niemand weiss genau, wie es dazu gekommen ist – plötzlich Arm in Arm mit einem Zigeunerjungen, der gekonnt Handorgel spielt, zu einer bekannten Melodie ein Lied zu singen anfängt.

Ständig überfüllte Strassen,
das ist mir gar nicht neu.
Ich kann’s einfach nicht fassen,
Roma, bleibst dir immer treu.

Romaaaaaaa, oh bella Romaaaaa!
Bleibst dir immer treu!

Früher zogen durch die Gassen
Händler aus dem ganzen Land.
Heute hinterlassen Wagen
einen Gestank, ganz penetrant.

Alle Passagiere singen mit Martinus den Refrain:

Romaaaaaaa, oh bella Romaaaaa!
Autos stinken penetrant!

Konnte man damals nicht dösen,
vom Gerumpel und Gepolter.
Habt es auch nicht können lösen,
dieser Lärm ist wie ’ne Folter.

Alle Passagiere singen mit Martinus den Refrain:

Romaaaaaaa, oh bella Romaaaaa!
Lärm ist wie ’ne Folter!

Nach dem Lied gibt es einen tosenden Applaus für das
Duo. Der Zigeunerjunge verbeugt sich elegant und
macht sich mit einem Plastikbecher eifrig auf eine viel-
versprechende Betteltour. Und wirklich! Bald klimpert
es im Becher und der Junge bedankt sich bei den Fahr-
gästen.
Beim Tiber angelangt steigen die Stammgäste aus. Der
zufriedene Zigeunerjunge bleibt jedoch sitzen. Strahlend winkt er beim Weiterfahren dem kleinen Römer
nach.

Auf der Tiberinsel, welche die antiken Römer zu einer römischen Galeere geformt hatten, setzen sich Martinus, Mario, Tito und Luisa in den Schatten eines Baumes. Der Professore hat eine Idee und verschwindet hinter einer Hausecke.

„Martinus, du kannst ja wirklich toll singen, aber könntest du uns nicht einmal von richtigen römischen Helden erzählen?", bittet Mario.

„Er liebt Heldengeschichten über alles", erklärt der Muskelprotz.

Martinus muss nicht lange überlegen.

„Anscheinend hat euch der Professore von den sieben Königen erzählt", beginnt er.

„Nur bis zum Sechsten", informiert ihn Mario.

„Das trifft sich sehr gut, denn die berühmtesten Heldengeschichten stammen genau aus der Zeit von Lucius Tarquinius Superbus, dem siebten König.

Dieser schreckliche Herrscher hatte seinen Vorgänger, den Vater seiner Gattin, schändlich ermorden lassen und die Macht somit gewaltsam an sich gerissen. Er stellte täglich etwas Schlimmes an. Er hatte auch die Preise des Weizens so sehr in die Höhe schnellen lassen, dass die Römer hungern mussten.

Als jedoch der Tyrann eines Tages nach Rom zurückritt, fand er die Stadttore geschlossen. Die Bürger liessen ihn nicht mehr hinein."

Mario grinst zufrieden:

„Haben die überdrüssigen Römer ihren König kurzerhand vor die Tür gesetzt?"

„Genau! Er wurde aus der Stadt verbannt."

Bevor jemand eine Frage stellen kann, erklärt Tito das Wort *verbannt*.

„Verbannt heisst, dass er nie mehr nach Rom zurückkehren durfte.”

„Stimmt! Aus Wut schütteten die Römer das ganze Getreide des Herrschers in den Tiber, wo sich der Legende
nach eine Insel bildete, nämlich diese hier. Um seinen
Thron zurückzugewinnen, floh der Tyrann nach Etrurien und suchte Hilfe beim Etruskerkönig Lars Porsenna von Clusium.”

„Clusium heisst heute Chiusi und ist ein Städtchen in
Mittelitalien”, erklärt Tito stolz, der mit seinem Auto
weit herumgekommen ist.

„Die Etrusker liessen sich überzeugen und gewannen
mehrere Schlachten gegen die römischen Streitkräfte.
Schon bald standen die Feinde vor den Toren Roms.
Hier auf der Insel Tiberina ereignete sich eine wirklich
heldenhafte Tat. Das etruskische Heer musste zuerst
die Insel erobern, um danach die Stadt anzugreifen.
Doch die Römer hatten auch hier Truppen aufgestellt.
Auf der Holzbrücke kam es zu einem unglaublichen
Kampf.”

„Der Professore hat uns von der ersten Holzbrücke zur
Tiberinsel berichtet”, erklärt Mario.

„Sie wurde unter dem vierten König, Ancus Marcius,
gebaut.”

„Ja, genau um diese Brücke handelt es sich bei dieser
Geschichte. Dann wisst ihr bestimmt, dass es sich um
den Pons Sublicius handelte. Als Horacius Cocles, der
Anführer der römischen Soldaten, das riesige Heer der
Etrusker erblickte, griff er die Feinde alleine an. Er
stürmte über die Brücke und rief seinen noch auf der
Insel stehenden Soldaten zu: „Zerstört die Brücke hin-
ter mir!”

Auf diese Weise hoffte er, seine Soldaten zu retten und die Etrusker von Rom fernzuhalten zu können.
„Ganz schön mutig von ihm", staunt Mario.
„Und es wird noch besser", versichert Martinus.
„Es gelang ihm, den Pons Sublicius so lange gegen die Etrusker zu verteidigten, bis seine Soldaten mit Schwertern und Äxten die Brücke zum Einstürzen brachten. Danach sprang der Held in den Tiber und schwamm zur Insel zurück."
„Bravissimo!", jauchzt Mario entzückt.
„Es wird dich freuen, wenn ich dir sage, dass es mit den Heldentaten erst richtig anfängt, Mario.
Lange belagerte Lars Porsenna die Stadt und die Lebensmittelvorräte wurden knapp. Deshalb versuchte Gaius Mucius, ein junger Römer, den etruskischen König in einer Nacht und Nebelaktion zu erdolchen. Er schlich unbemerkt ins feindliche Lager. Der junge Mann tötete jedoch fälschlicherweise nicht den etruskischen König, sondern einen feindlichen Offizier. Kurz darauf wurde er ergriffen und gefangen genommen. Erst als man ihn Lars Porsenna vorführte, bemerkte der junge Römer sein Missgeschick. Enttäuscht entgegnete Gaius Mucius dem Etruskerkönig:
„Eigentlich wollte ich dich töten. Meine rechte Hand hat dich leider verfehlt und nun soll sie für diesen Fehler bestraft werden."
Mit unglaublichem Mut streckte der Römer seine rechte Hand in ein offenes Feuer, das vor dem Zelt loderte und liess sie ohne Klagelaut verbrennen. Vom Mut des römischen Kriegers beeindruckt schenkte Lars Porsenna ihm die Freiheit. Von da an wurde Gaius Mucius auch Scaevola, der Linkshänder genannt."

Als der Professore auftaucht, sitzen alle Zuhörer mit offenen Mündern um den kleinen Römer.

Der ältere Herr hat den letzten Teil der Geschichte mitbekommen und ergänzt:

„Vielleicht interessiert es euch zu wissen, dass der Ausdruck *Seine Hand für jemanden ins Feuer legen* von dieser ausserordentlichen Heldentat stammt und soviel wie *voll und ganz an jemanden glauben* bedeutet."

Sprachlos blicken die Stammgäste zum Gelehrten hoch, der in seinen Händen fünf Gelati hält. Dankend nehmen ihm Tito, Mario und Luisa die Eisspeisen ab. Martinus macht es ihnen gleich und fängt gleich zu schlecken an.

„He, das ist ja gefroren!", ruft er überrascht.

„Wie schmeckt dir das Eis?", fragt ihn der ältere Herr.

„Ausgezeichnet!", jubelt Martinus.

„Gelati sind eine italienische Spezialität", erklärt Tito, „die man in Rom sozusagen das ganze Jahr über geniessen kann."

Mario ergänzt:

„Es gibt sehr viele Eissorten, für jeden Geschmack etwas Passendes. Unsere Gelati hier bestehen aus Zitrone, Erdbeere und Schokolade."

Martinus schleckt und lutscht gierig am Eis.

„Zitrone und Erdbeere kenne ich, aber was ist Schokolade?"

Der Professore holt tief Luft und erklärt:

„Die Schokolade kannst du nicht kennen, denn erst mit der Entdeckung Amerikas kamen die Leute hier mit den Kakaobohnen in Berührung."

„Wer ist Amerika?", will der kleine Römer wissen.

Der alte Herr wird sich sogleich der Schwierigkeit bewusst, dem wissbegierigen Römer die Entdeckung

Amerikas zu erklären. Er macht es also kurz und sagt nur:
„Das ist ein Land, das die Römer noch nicht kannten."
Martinus gibt sich mit dieser Antwort zufrieden.
Während alle genüsslich an den gefrorenen Eisspeisen schlecken, nähert sich Luisa dem kleinen Römer und fragt schüchtern: „Gab es auch weibliche Helden im antiken Rom."
„Aber ja doch, die römischen Frauen waren genauso mutig wie ihre Männer. Ich will dir die Geschichte von der tapferen Cloelia erzählen: Die etruskischen Belagerer hatten den Römern befohlen, alle Waffen aus Eisen abzuliefern. Die Römer stimmten dem zu, aber das war Lars Porsenna noch nicht genug. Bis zur vollendeten Waffenabgabe nahm er sich deshalb einige Geiseln. Die Römer erklärten sich damit einverstanden und begannen sofort, die Waffen einzusammeln. Unter den Gefangenen waren viele Römerinnen. Cloelia, eine von ihnen, schlug den anderen Frauen eines Nachts die Flucht vor:
„Kommt, wir schwimmen über den Tiber nach Hause zurück!"
Die Frauen liessen sich überzeugen und es gelang ihnen wirklich, heil nach Rom zurückzuschwimmen. Die Römer lobten den Mut ihrer Frauen, brachten sie jedoch gleich darauf Lars Porsenna zurück, denn sie wollten ihr Wort nicht brechen. Der etruskische König war von der Tapferkeit Cloelias und der anderen Frauen stark beeindruckt. Ausserdem hätte er nie im Traum damit gerechnet, dass die Römer ihre Frauen zurückbringen würden. Er schenkte Cloelia und allen Geiseln die Freiheit.
Diese drei Heldentaten hatten den etruskischen König sehr beeindruckt. Er wusste jetzt, dass er es mit einem

besonderen Volk zu tun hatte. Lars Porsenna brach daraufhin die Belagerung Roms ab und bat den Römern ein Frieden- und Freundschaftsbündnis an."

„Hurra!", ruft Luisa ganz aus dem Häuschen, dass sich gleich alle Passanten nach ihr umdrehen.

Am Ende dieser Geschichten schlägt Tito vor, einen Spaziergang durch die Altstadt zu wagen. Schon nach wenigen Schritten nähert sich Mario Luisa. Er fragt schüchtern:

„Magst du denn etwa auch solche Heldengeschichten?"

„Ich bin sogar ganz verrückt danach", gesteht sie ihm freudestrahlend.

Mario schaut die sonst so schweigsame Frau verwundert an.

„Das ist ja herrlich!", jubelt er und drückt ihr aus lauter Freude einen dicken Kuss auf die Wange.

Es ist nicht leicht, Martinus durch die Gassen Roms zu führen. Überall bleibt er verwundert stehen und seine Fragen wollen kein Ende nehmen. Die Motorroller haben es ihm besonders angetan. Er lässt keine Gelegenheit aus, diese zu berühren.

„Lass das lieber sein!", sagt ihm Tito um die Alarmanlagen besorgt.

Der kleine Römer entgegnet verwundert:

„Wieso? Beissen sie?"

Der Kraftprotz muss laut herauslachen und erholt sich erst nach einigen Minuten wieder.

„Nein, Martinus. Sie beissen nicht, aber sie heulen laut auf, wenn man an ihnen herumrüttelt."

„Seltsame Geschöpfe," denkt der kleine Römer beim Weitergehen.

Endlich kommen sie zu einem riesigen, weissen Denkmal. Es handelt sich um das Vittorio-Emanuele-Monument.

Der Professore ruft alle Stammgäste zu sich hin und zeigt auf das riesige Bauwerk.

„Dieses scheinbar alte Monument steht am Fusse des kleinsten der sieben Hügel, dem Kapitol."

Martinus erkennt den Mons Capitolinus, wie man den Hügel früher nannte, nicht sofort wieder, will den Umstehenden jedoch eine berühmte Geschichte erzählen, die sich hier abgespielt hat.

„Nachdem der siebte König aus Rom vertrieben worden war, änderte man die Staatsform. Rom war nun keine *Monarchie* mehr, wo die Könige die alleinige Herrschaft hatten, sondern eine *Republik*.

Zwei gleichberechtigte Konsuln durften ein Jahr lang gemeinsam regieren. Wenn ein Konsul gewählt wurde, brachte man hier auf diesem Hügel ein Opfer dar. Beraten wurden die Konsuln von 300 Senatoren, die zu den altehrwürdigen Familien Roms zählten. Im Kriegsfall wurden die beiden Konsuln jedoch von einem Diktator ersetzt. Wenn dieser eine Schlacht oder gar einen Krieg gewann, gab es einen Triumphzug zum Jupitertempel, der auf dem Mons Capitolinus stand. Der Diktator blieb so lange im Amt, bis der Krieg vorüber war. Er durfte aber auf keinen Fall länger als sechs Monate an der Macht bleiben."

Der Professore unterbricht ihn:

„Der Ausdruck Republik besteht aus zwei lateinischen Wörtern nämlich *Res* und *Publica*. *Res Publica* bedeutet so viel wie *das Gemeinwesen ist Sache des Volkes*. Auch in den heutigen Republiken teilen sich mehrere Personen oder Parteien die Staatsführung."

Die Gruppe ist mittlerweile auf dem Kapitol angelangt, wo sich Hunderte von Touristen tummeln. Martinus setzt sich auf eine Stufe und berichtet weiter.

„Einmal ging es den Römern besonders schlecht, denn die Gallier waren bis zu den Stadtmauern vorgedrungen. Auf diesem Hügel hier stand eine Fluchtburg und einige mutige Soldaten hielten der Belagerung stand.

Eines Nachts jedoch entdeckten die Gallier einen verborgenen Durchgang und schlichen den Hügel hinauf, um die Römer im Schlafe zu überraschen. Sie ahnten jedoch nicht, dass auf diesem Hügel auch ein Tempel stand, nämlich der Tempel der Göttin Juno, und dass man zur Ehre dieser Göttin heilige Gänse hielt.

Kaum war der erste Gallier eingedrungen, fingen die Gänse wie wild zu schnattern an. Die römischen Soldaten begriffen, dass Gefahr drohte und eilten zur unbewachten Stelle. Die Barbaren wurden die schroffen Hänge hinuntergejagt. Dank diesen Tieren wurde der Angriff der Barbaren vereitelt.”

„Wieso sprichst du einmal von Galliern und einmal von Barbaren?”, möchte Luisa wissen. In ihren grossen Augen spiegelt sich lebhafte Neugier.

„Barbaren ist ein anderes Wort für Fremde. Ihre Sprachen waren für uns unverständlich und tönten wie bar, bar, bar. Aus diesem Grund wurden alle Nichtrömer schlicht und einfach Barbaren genannt.”

„Sicher haben die Römer am Schluss doch noch gegen die Gallier gewonnen”, lacht Tito und zeigt allen Umstehenden stolz seine riesigen Muskeln.

Martinus schüttelt den Kopf.

„Da muss ich dich enttäuschen lieber Tito, denn trotz dieser wundersamen Rettung mussten die Römer klein beigeben. Die schrecklichen Gallier zogen erst sieben

Monate später ab, nämlich erst nachdem die Verlierer ihrem Anführer Brennus eine grosse Geldsumme überreicht hatten.

Die Sieger stellten eine grosse Waage auf. Auf die eine Schale legten sie schwere Gewichtssteine. Die Römer mussten auf die andere Schale so viel Gold legen, bis sich die Waagschalen das Gleichgewicht hielten. Die Römer witterten Betrug und beklagten sich. Das war zu viel für Brennus. *Wehe den Besiegte*n! rief er und warf sein eigenes Schwert zu den Gewichtssteinen auf die Waagschale.

Jetzt mussten die Römer zusätzlich noch sein Schwert mit Gold aufwiegen.“

„Ja, diese Demütigung erschütterte das Selbstbewusstsein der Römer und die Angst vor den Galliern blieb auf Jahrzehnte hinaus bestehen“, ergänzt der Professore.

„Von nun an gingen die Römer in die Offensive. Sie wollten nicht mehr angegriffen werden, sondern selber auf Eroberungszüge gehen.“

Der Himmel ist wieder wolkenlos und strahlend blau. Zum Glück weht ein frisches, angenehmes Lüftchen. Auf einmal erregen Rufe und Schreie die Aufmerksamkeit der Touristen. Ein langer Menschenzug bewegt sich langsam unter dem Kapitol vorbei. Es sind Demonstranten. Einige schwenken bunte Fahnen und rufen immer wieder auffordernd:

„Gebt uns gerechte Löhne, dann habt ihr kein Gestöhne!“

„Was ist das denn für eine Veranstaltung?“, fragt Martinus interessiert.

„Es handelt sich um unzufriedene Arbeiter, die durch diesen Streik höhere Löhne erzwingen wollen", erklärt der Professore.

Der kleine Römer ist vom Umzug magisch angezogen. Er schreitet schnell den Hügel hinunter und schliesst sich dem Menschenzug an.

Bald ruft auch er aus voller Kehle:

„Gebt uns gerechte Löhne, dann habt ihr kein Gestöhne!"

Die Stammgäste und Mario finden das lustig und gesellen sich zu ihm.

Der Umzug führt zu einem grossen, kahlen Platz, nämlich zum *Circus Maximus*, wo in der Antike bis zu hunderttausend Zuschauer den atemberaubenden Pferderennen beiwohnten. Dort zwischen dem Palatin und dem Aventin hat man eine grosse Bühne aufgestellt.

Die Streikenden versammeln sich davor. Als dann ein elegant gekleideter Mann die Bühne betritt und das Mikrofon ergreift, wird es laut. Die Masse pfeift und schimpft:

„Gebt uns gerechte Löhne, dann habt ihr kein Gestöhne!"

„Ist das ein Senator dort auf der *Rostra*?", fragt Martinus seine Freunde und er weist in Richtung des Sprechers.

„Nein, Martinus. Wir haben keine Senatoren mehr. Dieser Mann auf der Bühne möchte mit den Streikenden verhandeln."

Die Demonstranten lassen den Mann nicht zu Worte kommen und rufen im Chor:

„Buuhh, geh nach Hause! Mach, dass du wegkommst!"

Es ist so laut, dass man trotz des Mikrofons kein Wort versteht.

„Beim Jupiter, so geht das aber nicht!", bemerkt Martinus und fügt mit einem Augenzwinkern hinzu:
„Ich bin gleich zurück!"
Er bahnt sich einen Weg durch die dichte, brüllende Menschenmenge.
Den Stammgästen fällt es schwer, ihm zu folgen.
Unbemerkt steigt der kleine Römer auf die Bühne und gesellt sich zum eleganten Mann. Ohne ein Wort zu sagen, steht er mir nix dir nix neben ihm und blickt lächelnd in die breite Masse.
„Martinus, Martinus!", tönt es von unten.
Seine Freunde machen ihm Zeichen und rufen verzweifelt seinen Namen.
„Er soll runterkommen!", meint Luisa besorgt.
„Kommt, lasst uns gemeinsam rufen! Vielleicht hört er uns nicht."
„Martinus, Martinus!"
Einige Streikende, die bei ihnen stehen, rufen kräftig mit:
„Martinus, Martinus!"
Und bald ruft die ganze Menge laut und rhythmisch seinen Namen:
„Martinus, Martinus!"
Der elegante Mann bemerkt unseren kleinen Römer erst jetzt. Wie ein Wunder verstummen die Leute und schauen erwartungsvoll zur Bühne hinauf. Als Martinus dem überraschten Mann freundlich zunickt, übergibt ihm dieser wortlos das Mikrofon und tritt zwei Schritte zurück.
Martinus nimmt eine stolze Haltung ein, holt tief Luft und sagt:
„Ein echter Römer steht hier vor euch zwischen dem Mons Palatium und dem Mons Aventinus."

Martinus Stimme ertönt klar und deutlich und erfüllt das ganze weite Tal.

„Ich möchte euch eine Geschichte erzählen. Diese Geschichte richtet sich an euch und auch an den Herrn, der hier auf der Rostra steht.“

„He du!“, ertönt es plötzlich hinter dem kleinen Römer, und zwei schwarz gekleidete Männer mit schnittigen Sonnenbrillen packen Martinus grob an den Armen. Es sind Ordnungshüter. Der kleine Römer versucht verzweifelt sein Schwert zu ziehen. Die Männer lassen nicht locker.

„Mach, dass du hier verschwindest!“, befiehlt der eine.

„Man hat dich nicht eingeladen und deshalb darfst du nicht spre ...“

Der schwarz gekleidete Mann kann seinen Satz nicht zu Ende sprechen, denn schon bäumt sich eine riesige Gestalt hinter ihm auf und tippt ihm unsanft auf die Schulter. Es ist der Muskelprotz Tito.

Er hat ein breites Grinsen im Gesicht und grollt mit furchteinflössender, tiefer Stimme:

„Doch er darf, denn er ist Martinus, ein Römer, ein Bürger dieser Stadt!“

„Martinus, Martinus!“, rufen die Leute unaufhörlich.

Die Ordnungshüter sind vom plötzlichen Erscheinen des Riesen überrascht. Seine Stimme hat sie vor Schreck erbleichen lassen.

„Martinus, Martinus!“, tönt es laut und rhythmisch.

Die beiden schwarz gekleideten Männer ziehen es vor, sich genauso schnell zu verziehen, wie sie erschienen sind.

Martinus verneigt sich vor dem Publikum und beginnt mit seiner Erzählung:

„Es geschah einmal, dass sich die Körperteile gegen den
Bauch auflehnten.
„Der Bauch ist der Faulste unter uns!”, behaupteten die
Arme.
„Wieso sollen wir uns alle für ihn abschuften, während
er nichts anderes tut, als sich bedienen zu lassen?”
Und die Zähne schimpften:
„Wir haben es ja so satt, ihm das Essen vorzukauen!”
„Sind wir denn seine Sklaven?”, fragte der Mund.
Aus diesem Unmut heraus trafen die erzürnten Körperteile eine Entscheidung: Gemeinsam wollten sie den
Bauch aushungern.
Und so geschah es, dass die Hände keine Speisen mehr
zum Munde führten, der Mund keine Nahrungsmittel
mehr aufnahm und dass die Zähne das Kauen einstell-
ten. Auf diese Weise wurden keine Speisen mehr aufgenommen und die Körperteile waren mit sich sehr zufrieden. Doch schon bald begannen sie sich aus unerklärlichen Gründen schwächer und immer schwächer
zu fühlen. Jede kleinste Bewegung fiel ihnen schwer
und am Ende wurden sie sogar krank.
Da merkten die Körperteile ungeahnt, was für eine
grosse Dummheit sie begannen hatten. Es wurde ihnen
klar, dass auch der scheinbare faule Bauch eine Arbeit
verrichtete, indem er nämlich die Speisen ins Blut wei-
terleitete. Auf diese Weise gelangten die Nährstoffe in
den ganzen Körper und so auch zu ihnen. Nach dieser
Erkenntnis nahmen sie alle ihre Tätigkeit wieder auf
und siehe da, sie wurden wieder gesund und kräftig.
Die Körperteile wussten jetzt, dass sie zusammenhalten
mussten und dass Zwietracht sie alle schwach gemacht
hatte.”

Martinus' Stimme erfüllt den ganzen Platz. Die Zuhörer lauschen gespannt den Worten des kleinen Römers.

Am Ende der Geschichte winkt Martinus dem eleganten Herrn zu und überreicht ihm das Mikrofon mit den Worten:

„Denken Sie auch daran: Zwietracht macht schwach! Suchen Sie mit den Arbeitern zusammen nach einer guten Lösung und bald wird es allen besser gehen!"

„Hurra!", rufen alle Streikenden und sie singen nun einen neuen Text:

„Wir wollen keinen Krach. Zwietracht macht schwach!"

Der elegante Mann räuspert sich und die Masse verstummt. Alle sind gespannt, was er sagen wird. Schliesslich ruft auch er feierlich:

„Wir wollen keinen Krach. Zwietracht macht schwach!"

Es folgt ein tosender Applaus. Der elegante Mann möchte sich bei Martinus für die angebrachte Geschichte bedanken, aber der kleine Römer ist mit seinen Freunden schon weitergezogen.

„Das war ja ein toller Auftritt, Martinus!", lobt ihn Luisa.

Doch statt einer Antwort stimmt der kleine Geschichtenerzähler von neuem die Zigeunermelodie an.

Umzüge auf den Strassen,
das ist mir gar nicht neu.
Ich kann's einfach nicht fassen,
Roma, bleibst dir immer treu.

Die Stammgäste singen mit Martinus den bekannten Refrain:

Romaaaaaaa, oh bella Romaaaaa!
Bleibst dir immer treu!

In der miniBAR angelangt tritt Vincenzo der Obdachlose ein.
„Das ist ja wieder eine Affenhitze", brummt er mür-
risch, „ich brauche dringend ein kühles Glas Weisswein."
„Der Weisswein ist gleich zur Stelle Vincenzo!", verspricht Mario.
Als der Bettler den kleinen Römer erblickt, geht er
schnurstracks auf ihn zu:
„Du schon wieder? Du hast die lästige Angewohnheit
einfach zu verschwinden. So einen wie dich darf man
nicht aus den Augen verlieren. Komm, wir wollen zusammen anstossen!"
Der Obdachlose packt Martinus bei der Hand und zieht
ihn zur Theke.
„Mario, gib bitte auch meinem Freund hier ein Glas
Weisswein!"
„Ich mag aber lieber ein Bier!"
Vincenzo dreht sich verwundert zum Römer um, aber
statt seiner, hält er einen grossgewachsenen, jungen
Mann in strahlender Rüstung an der Hand. Es ist Helmut, der deutsche Austauschstudent. Der Obdachlose
blickt argwöhnisch zum Hünen hinauf.
„Wie? Was? Wo zum Donnerwetter ist der kleine Rö-
mer hin? Er war doch eben noch hier."
Verzweifelt rennt der Bettler auf die Strasse und blickt
sich nach allen Seiten um.
Helmut leert sein Bier in einem Zug und wischt sich
den langen, blonden Schnurrbart mit einer energischen

Armbewegung ab. Dann erzählen ihm Tito, Luisa, Mario und der Professore abwechselnd, was sie heute alles mit Martinus erlebt haben. Gespannt hört Helmut ihnen zu und muss immer wieder laut auflachen und den Kopf schütteln.

„Dieser Martinus ist wirklich eine Nummer für sich", meint er am Schluss.

„Und sehr begabt ist er auch", ergänzt Luisa, „er kann herrlich singen und wie kein anderer Geschichten erfinden."

„Die Parabel vom Magen und den Körpergliedern ist nicht von Martinus erfunden worden", erläutert der Professore nüchtern.

„Kannten Sie denn diese Geschichte schon?", will Mario wissen, der Vincenzos Weinglas in den Kühlschrank zurückstellt.

„Aber ja doch, das ist ein uraltes Erzählgut. Schon im antiken Rom wurde dank dieser Geschichte der erste grosse Streik beigelegt."

„Erzählen Sie uns, wie es dazu gekommen war?"

Der ältere Herr bestellt ein Glas Wasser. Er trinkt einen kleinen Schluck und fängt zu schildern an:

„Nachdem der letzte König vertrieben worden war, wechselte Rom seine Staatsform und wurde eine Republik."

„Das wissen wir schon", stellt der Muskelprotz fest.

„Und nach dem grausamen Lucius Tarquinius Superbus ging es allen Römern wieder besser."

„Falsch gedacht, mein lieber Tito. Die Lage der einfachen Bevölkerung verschlechterte sich und wurde in gewissen Punkten geradezu schlimmer als in der Königszeit. Schon zehn Jahre später legten die Plebejer die Arbeit nieder und zogen aus der Stadt auf den Aventin."

Tito fällt dem Professore ins Wort und erklärt:

„In dieser Zeit gab es zwei grosse Volksgruppen, die armen Plebejer und die adligen Patrizier. Diese waren Vollbürger und durften deshalb in der Politik mitreden."

Helmut weiss auch etwas dazu und ergänzt:

„Die Plebejer wurden auch schlicht und einfach der Plebs genannt. Es waren einfache, meist ungebildete Bürger."

„Ich merke schon, dass ihr das Wichtigste wisst", lobt der Professore seine Zuhörer.

„Der grösste Teil der herrschenden Senatoren bestand natürlich aus reichen Patriziern. Diese Vollbürger hatten für die tiefere, rechtlose und darum arme Schicht der Plebejer nicht viel übrig. Die Gesetze gingen sogar so weit, dass Mischehen zwischen beiden Ständen ausdrücklich verboten waren."

„Und wenn trotzdem gemischte Ehen geschlossen wurden?", fragt Luisa interessiert und errötet sogleich.

„Dann wurden die Kinder einer Mischehe automatisch zu Plebejern", antwortet der Professore knapp und erklärt weiter:

„Während die Patrizier durch die eroberten Gebiete unaufhörlich reicher wurden, verarmten die besitzlosen Plebejer immer mehr. Viele von ihnen mussten als Soldaten dienen und hatten keine Zeit, ihre Felder zu bewirtschaften. Die Ernten blieben aus. Einige waren so verschuldet, dass sie ihre Kinder oder sich selbst in die Sklaverei verkaufen mussten. So wuchsen die Sorgen des ärmsten Teils der Bevölkerung zusehends.

Der damalige Diktator versprach ihnen, sich für ihre Rechte einzusetzen, doch er hielt sein Versprechen nicht. Wegen dieses Wortbruchs legten die Plebejer eines Tages ihre Arbeit nieder, zogen aus der Stadt hinaus und liessen sich auf dem Aventin nieder."

„Wurde da nicht Remus begraben?", erkundigt sich Luisa.
„Richtig, überhaupt war dieser heilige Berg, wie er auch noch genannt wurde, gleichzeitig der Hügel der Verlierer. Hier lebten im Gegensatz zum Palatin die ärmeren Bürger Roms."
„Wie reagierten die Patrizier auf diesen Streik?", fragt Helmut.
„Sie mussten bekennen, dass sie ohne Plebs nicht bestehen konnten, denn diese waren Handwerker, Bauern und vor allem Soldaten. Wer sollte nun für sie die Drecksarbeiten machen, die Felder bestellen, sie vor den Feinden beschützen oder in den Krieg ziehen? Die Patrizier schickten Agrippa Menenius Lanatus als Vermittler zu den Plebejern. Dieser weise Mann war ein ehemaliger Konsul und Mitglied des römischen Senats und zudem ein Freund des Volkes.
So stieg er eines Abends ins Lager der Plebejer hinauf und erzählte ihnen die Geschichte vom Magen und den Gliedern. Die Streikenden hörten ihm gespannt zu. Sie verstanden die Botschaft dieser Geschichte. Wenn ein Körper richtig funktionieren soll, kann kein Organ auf das andere verzichten. Genauso verhielt es sich mit dem Plebs und den Patriziern. Sie mussten also zusammenhalten, wenn sie einen gesunden Staat erhalten wollten. Wie sagte Martinus schon wieder?"
„Zwietracht macht schwach!", rufen alle Stammgäste im Chor.

„Exakt! Die Plebejer legten somit ihren Streik nieder, kehrten in die Stadt zurück und erhielten viele neue Rechte."

„Wurde die Ehe zwischen den Plebejern und den Patriziern danach gestattet?", fragt Luisa und schielt schüchtern zu Mario hinüber.

„Das und vieles mehr", antwortete der Professore schmunzelnd.

„Bis dahin hatte es zum grossen Nachteil der Plebejer keine geschriebenen Gesetze gegeben. Nun wurden auf zwölf bronzenen Tafeln die wichtigsten Edikte niedergeschrieben und im Forum öffentlich aufgestellt. Einige gelten noch heute."

Kaum hat der Professore seinen Satz beendet, wird die Tür abrupt aufgerissen. Vincenzo tritt ausser Atem und mit hochrotem Kopf herein.

„Keine Spur von ihm", keucht er erschöpft.

Mit hängendem Kopf und immer noch nach Luft schnappend lehnt er sich an die Theke.

„Vielleicht sehe ich langsam Gespenster", murmelt er vor sich hin.

Als Mario ihm den kühlen Weisswein hinhält, fährt er erschrocken hoch. Zitternd zeigt er auf das Glas.

„Bloss weg mit dem Zeug oder willst du, dass ich noch mehr kurlige Römer sehe?"

Dann holt er tief Luft, besinnt sich kurz und sagt mit bestimmtem Ton:

„Reich mir lieber ein grosses Glas frisches Wasser!"

Kapitel IV

In Rom tummeln sich viele Leute aus aller Welt. Die meisten sind Touristen, andere sind geschäftlich hier und andere wiederum haben in der Ewigen Stadt eine neue Heimat gefunden und sich hier niedergelassen.
Jussef jedoch gehört einer speziellen Gruppe Einwanderer an. Er ist hager und trägt immer sehr lange, bunte Gewänder mit ausgefallenen Mustern. Diese kostbaren Trachtenkleider hat er aus seiner Heimat mitgenommen. Die Farben passen trefflich zu seiner kohlrabenschwarzen Haut. Jussef ist Afrikaner und stammt aus einem Dorf in der Nähe von Dakar. Dakar ist die Hauptstadt von Senegal, einem sehr armen Land an der Westküste des Schwarzen Kontinents.
Wie viele seiner Landsleute versucht auch Jussef in Europa sein Glück. Er ist ein fliegender Händler und du findest ihn unweit des Kolosseums, wo er seinen mobilen Kiosk aus Pappkarton aufgestellt hat. Seine modischen Sonnenbrillen warten sehnlichst darauf, gekauft zu werden. Tito der Muskelprotz kennt ihn gut. Auch er arbeitet beim Kolosseum, bekanntermassen als römischer Legionär.

Bevor Tito heute seinen Dienst antritt, marschiert er in seiner römischen Rüstung mit grossen Schritten zum Senegalesen, mustert ihn lange von Kopf bis Fuss und fragt schliesslich:
„Jussef, was würdest du davon halten, mein persönlicher Sklave zu werden?"
Der Afrikaner traut seinen Ohren nicht. Empört schimpft er:

„Pfui, Tito! Sag mal, spinnst du? Wir leben im 21. Jahrhundert. Die Sklaverei ist verboten und überhaupt ... ich dachte wir seien Freunde.”
Tito kugelt sich vor Lachen.
„Was hast du denn verstanden? Ich brauche doch keinen richtigen Sklaven, sondern einen falschen.”
„Einen Falschen?”
„Aber ja doch! Ich bin doch schliesslich auch kein richtiger Legionär. Du verkleidest dich als Sklave und zusammen lassen wir uns von den Touristen fotografieren. Na, was hältst du davon?”
Jussef ist von Titos Idee begeistert, zumal er sich sehr gerne verkleidet.
„Einverstanden, aber ich weiss nicht so recht, was ich anziehen soll.”
„Das weiss ich auch noch nicht”, gesteht der Muskelprotz. Doch dann fangen seine Augen zu leuchten an.
„Aber ich kenne jemand, der uns bestimmt mit Rat und Tat beistehen wird.”
Gedankenversunken macht sich der falsche Römer auf den Weg zur miniBAR und Jussef schaut ihm stirnrunzelnd hinterher.
Dort angekommen bleibt Tito verwundert in der Tür stehen. Im Innern sind seltsame Dinge im Gange. Mario steht kerzengerade hinter der Theke und spricht feierlich:
„Von heute an wird jeder blonde Gast die Gläser selber abwaschen.”
Da räuspert sich der deutsche Austauschstudent und ruft:
„Veto!”
„Also abgelehnt!”, ruft Luisa.

Mario richtet sich hinter der Theke kerzengerade auf und noch gestreckter als zuvor verkündet er würdevoll:
„Die Fussballzeitungen werden ab morgen in diesem Lokal verboten sein.
„Veto!", ertönt es aus der Ecke, wo Pino gerade die Sportseite gründlich studiert.
„Also abgelehnt!", rufen Helmut und Luisa gleichzeitig. Tito versteht nur Bahnhof. Er tritt herein und gibt bekannt:
„Wisst ihr das Neuste? Ich eigne mir einen afrikanischen Sklaven an."
„Veto! Veto! Veto! Veto!", rufen alle im Chor und werfen dem freundlichen Muskelprotz finstere Blicke zu. Beklommen erklärt dieser:
„Doch nicht etwa einen Richtigen, sondern einen Falschen. Jussef würde sich als Sklave verkleiden und sich mit mir von den Touristen fotografieren lassen. Übrigens, was soll dieses *Veto* bedeuten?"
Mario nimmt erneut eine wichtige Haltung ein und spricht:
„Der Professore hat uns von einigen Rechten der Plebejer berichtet, die sie nach dem ersten Streik vom Senat bekommen hatten."
Helmut erklärt weiter:
„Als das Volk – Plebs genannt – den Streik niederlegte, gewährte ihnen der Senat zwei Beamte, die sich von da an für ihre Rechte einsetzten. Diese wurden *Volkstribune* genannt."
Abschliessend ergänzt Luisa:
„Von da an herrschten im Senat neue Sitten: Wenn die Senatoren ein neues Gesetz vorschlugen, das den Volkstribunen nicht passte, genügte es lediglich, dass

sich einer der beiden erhob und *Veto* rief und schon wurde das neue Gesetz abgelehnt.”

Tito kratzt sich am Hinterkopf und nach kurzem Nachdenken sagt er stolz:

„Ich habe es verstanden. Veto bedeutet soviel wie *ich verbiete es*.”

„Du bist wirklich ein helles Köpfchen, Tito!”, grinst Helmut.

„Nicht wahr? Und was haltet ihr von meiner Sklavenidee?”

„Das könnte hinhauen”, meint Mario zuversichtlich.

„Ich bin davon sogar überzeugt, denn ein schwarzweisses Duo bringt immer Abwechslung ins Spiel”, lässt Pino, der Fussballnarr verlauten und fügt hinzu:

„Ich verspreche euch: Das wird ein Feuerwerk werden, wenn Caesar, der neue afroamerikanische AS Rom Superstürmer aus Brasilien beim nächsten Derby mitspielt. Tschüss, die Fahrgäste warten schon!”

Der Busfahrer verlässt das Lokal. Die Stammgäste und Mario folgen ihm mit stummen Blicken.

„Bald ist es wieder soweit!”, beginnt Mario mit fröhlichem Ton.

„Ja, bald ist Dienstag.”

„Wir könnten uns doch etwas Ausserordentliches für Martinus ausdenken”, schlägt Helmut vor.

„Was haltet ihr von einem echten italienischen Mittagessen?”, fragt Luisa schüchtern.

„Ich könnte doch etwas Typisches kochen.”

Helmuts Augen fangen sogleich zu leuchten an. Wenn er auf etwas nicht mehr verzichten will, dann auf die italienische Küche.

„Prima, da bin ich sofort dabei!”, prustet er ungehalten.

„Abgemacht!”, stimmt ihm Mario zu.

„Am nächsten Dienstag lassen wir Martinus um die
Mittagszeit erscheinen, damit wir zusammen speisen
können.”

Bald ist es soweit. Luisa wohnt gleich neben der mini-
BAR. Mario hat sich so richtig herausgeputzt. Mit
Hemd und Krawatte steht er um 13:00 Uhr vor Luisas
Haustür. Der miniBAR Besitzer weiss, was sich gehört
und hält einen kleinen Blumenstrauss als Mitbringsel in
den Händen. Die Tür steht einen Spalt weit offen und
im Innern hört er vertraute Stimmen.

„Mario, da sind Sie ja endlich!”, begrüsst ihn Helmut.
Die Stammgäste sitzen schon plaudernd am hübsch ge-
deckten Tisch. Aus der Küche duftet es herrlich. Der
Anblick von frischem Brot, grünen und schwarzen Oliven und überbackenem Gemüse weckt in Mario gleich
einen grossen Appetit.

Der Professore schluckt leer. Bei all diesen Leckereien
fällt es ihm nicht leicht, sich mit der glänzenden Rüstung in Richtung Badezimmer zu begeben. Heute ist er
an der Reihe.

„Na dann, bis bald und ... guten Appetit!”
Ein wenig schmachtend blickt er auf die leckeren Vor-
speisen zurück und verabschiedet sich schwermütig.

Kaum ist er verschwunden, erscheint Martinus, der Legionär.

„Beim Jupiter”, ruft er sogleich, „hier riecht es ja herrlich!”

Der kleine Römer zögert keinen Augenblick und gesellt
sich zu seinen Freunden an den Tisch. Seine Augen
schweifen gierig und entzückt über die bereitgestellten
Speisen.

„Oliven? Lecker! Kenne ich. Brot? Köstlich! Kenne ich.
Gemüse? Fein! Kenne ich. Solche Leckereien liebe ich.”

Luisa schmeicheln diese Worte und die Schamröte steigt ihr ins Gesicht.

„Lass es dir besonders gut schmecken!"

Martinus lässt sich das nicht zwei Mal sagen und langt tüchtig zu.

Als die schüchterne Frau eine riesige, dampfende Pfanne auf den Tisch stellt, beugt sich der kleine Römer ungeduldig über den Tisch und hebt vorsichtig den Deckel hoch. Der Dampf entweicht und Martinus zieht genüsslich den wohlriechenden Duft der warmen Speise ein. Dann guckt er neugierig hinein.

„Igitt!", kreischt er entsetzt und tritt einen Schritt zurück.

Erschrocken springen die andern von ihren Stühlen hoch.

„Stimmt etwas nicht Martinus?", fragt Luisa beschämt. Ihr Gesicht ist plötzlich kreideweiss geworden.

Argwöhnisch blickt dieser zur verwunderten Tischgesellschaft und schimpft:

„Dass sich einiges in der Zeit verändert hat, habe ich ja mittlerweile bemerkt. Dass ihr aber heisse Würmer in Blutsosse esst, ist ja wirklich geschmacklos."

Bei diesen Worten verstummen alle und tauschen verstohlene Blicke aus.

„Na, was ist? Hat es euch die Sprache verschlagen?", fragt Martinus aufgebracht.

Der elegant gekleidete Mario rauspert sich. Vornehm greift er zur Gabel und angelt sich einige sogenannte Würmer aus der Pfanne. Martinus und die anderen schauen ihm dabei gespannt zu. Gekonnt rollt er die langen Würmer auf seine Gabel und steckt diese genüsslich in den Mund. Angeekelt, aber auch fasziniert, beobachtet Martinus dieses Schauspiel.

„Und?", fragt ihn Tito leicht schmunzelnd.

„Fantastisch!", jubelt Mario.

Alle fangen zu lachen an. Der kleine Römer ist ganz verwirrt und wundert sich masslos.

„Lieber Freund", erklärt Tito, „diese Würmer sind keine Würmer, sondern Spaghetti."

„Spaghetti ist die Lieblingsspeise der Italiener, eine Spezialität!", fügt der deutsche Austauschstudent hinzu.

„Auch in meiner Heimat sind Spaghetti sehr beliebt."

„Es ist eine harmlose Mehlspeise mit Tomatensosse", ergänzt Luisa schüchtern, „die wir mit der Gabel aufrollen."

„Tomaten?", Martinus stutzt.

„Die Tomaten kannst du nicht kennen, denn erst mit der Entdeckung Amerikas kamen sie zu uns", berichtet Helmut.

Martinus Gesicht erhellt sich. Er zögert einen Augenblick, dann erkundigt er sich schwärmerisch:

„Na dann, worauf warten wir noch? Her damit, bevor die Spaghetti kalt werden!"

Alle klatschen Beifall. Mario fackelt nicht lange und füllt die Teller. Tito zeigt Martinus, wie man mit der Gabel nach den langen Nudeln fischt. Der freundliche Muskelprotz muss sich aber auch gleichzeitig um Helmut kümmern, weil dieser das schwierige Aufwickeln der Spaghetti noch nicht beherrscht.

„Nein, Helmut, halt!", ruft er seinem deutschen Freund entsetzt zu.

„Die Spaghetti darf man doch nicht mit dem Messer zerschneiden."

Helmut schaut sich verwundert um. Seine Freunde essen tatsächlich nur mit Hilfe der Gabel.

„Ist es wenigstens gestattet, sich mit einem Löffel zu behelfen?", fragt er kleinlaut.

„Sicher, aber ein Italiener, der etwas auf sich hält, benutzt dabei nur die Gabel", schmunzelt der Muskelprotz.

Alle beobachten verstohlen, wie Helmut mit Müh und Not die schwierige Aufgabe angeht. Schon nach wenigen, vergeblichen Versuchen ruft er gereizt:

„Also, das Spaghetti-Essen macht mir heute nur halb so viel Spass!"

Martinus saugt die langen Nudeln schmatzend ein und hat schon bald ein rot verschmiertes Gesicht. Dazu trinkt er genüsslich Rotwein. Er erzählt den Anwesenden, wie die Römer seiner Zeit assen.

„Bevor sich die vornehmen Leute auf ihre Speisesofas legten, wuschen sie sich die Hände. Die Haussklaven reinigten ihnen die Füsse. Die Männer stützten sich mit der einen Hand ab und fassten mit der anderen nach Speisen und Getränken. Wir assen mit den Händen oder mit einem Löffel. Die Gabel wurde sozusagen nicht benutzt."

„Da habt ihr aber Glück gehabt!", meldet sich Helmut mit Schweissperlen auf der Stirn, der gehässig in seinen Teller starrt.

„Und wie assen die Frauen?", erkundigt sich Luisa zaghaft.

„Die Frauen assen sitzend auf Stühlen oder Bänken, wenn ihnen überhaupt gestattet war, an einer Cena teilzunehmen. Die Kinder assen in der Küche."

„Was ist eine *Cena*?", will Helmut wissen.

„Das war unsere Hauptmahlzeit. Sie fand wie bei euch am frühen Nachmittag statt. Die ärmeren Leute sassen auf Stühlen wie diese", antwortet der kleine Römer.

Während sich alle genüsslich unterhalten, erscheint Jussef in einem langen, bunten Kleid mit auffälligen Mustern. Das leuchtende Gewand hängt ihm bis auf die kohlrabenschwarzen Füsse. In seiner rechten Hand hält er seinen zusammenklappbaren Kiosk mit den daran befestigten Sonnenbrillen.

„Bonjour les amis!", begrüsst er die Gäste auf Französisch.

Alle heissen den fliegenden Händler willkommen. Beim Anblick von Jussef ergänzt Martinus beiläufig:

„Die Sklaven durften sich übrigens nicht setzen. Sie mussten die ganze Zeit lang stehen. Ist das heute auch noch so?"

Jussef blickt vorwurfsvoll zu Tito hinüber und äussert empört seinen Zorn:

„Ich stelle mit grosser Verblüffung fest, dass du schon allen erzählt hast, dass ich dein Sklave sein werde."

Martinus steht interessiert auf und umkreist bewundernd den Neuankömmling. Er mustert ihn von Kopf bis Fuss.

„Ausgezeichnete Wahl, lieber Latiner!", lobt Martinus den Muskelprotz wiederholte Male.

Jussef lässt sich das gefallen. Er ist der festen Meinung, dass der kleinen Römer ein Arbeitskollege von Tito ist und da er kein Spielverderber sein möchte, macht er diesen Spass mit.

Doch als ihm nach gründlicher Inspektion Martinus mit ruhigem, aber bestimmtem Ton befiehlt, ihm seine Sandalen auszuziehen und ihm die Füsse zu waschen, platzt dem Senegalesen der Kragen. Er verträgt keinen Spott mehr und weist den aufdringlichen Römer beleidigt zurecht.

„He, Dreikäsehoch! Jetzt hat der Spass aber ein Ende. Für wen hältst du mich überhaupt?"

„Für einen Sklaven?", fragt Martinus zaudernd und kleinlaut zurück.

„So wie du dich anstellst, könnte man das glatt denken." Es wird brenzlig. Tito erinnert sich an Helmuts Ermahnung: Niemand darf erfahren, dass ein waschechter Römer unter mysteriösen Umständen in die heutige Zeit gelangt ist, sonst haben wir hier in null Komma nichts die Polizei oder – was noch viel schlimmer ist – die Presse am Hals!

„Du bist ein sympathischer Kerl", meint Martinus, „wenn auch ein bisschen ungezogen für einen Haussklaven."

„Ich bin kein Haussklave", unterrichtet ihn Jussef stolz.

„Wirklich? Und wer hat denn bitteschön all diese Köstlichkeiten gekocht?"

Luisa errötet und eilt in die Küche. Als sie kurz darauf mit dem zweiten Gang erscheint, geht dem Römer ein Licht auf.

„Fleisch? Lecker! Kenne ich. Karotten? Köstlich! Kenne ich. Salat? Fein! Kenne ich. Aber was sind diese braunen Knollen?"

„Kartoffeln", erklärt Mario.

„Kartoffeln?", Martinus stutzt. „Stammen diese etwa auch aus Amerika?"

„Ja, deshalb wurden sie erst viel später entdeckt", berichtet Helmut. „Man nennt sie auch Erdäpfel."

„Wie heisst du, Kleiner?", fragt Jussef.

„Ich heisse Martinus", stellt sich der Legionär vor.

„Und ich heisse Jussef und stamme aus Afrika," sagt der Senegalese.

Martinus Augen fangen zu leuchten an.

„Da du gerade Afrika erwähnst. Sagt dir der Ausdruck *Punier* etwas?"

Jussef setzt ein schelmisches Grinsen auf.

„Aber ja doch! So wurden die Einwohner von Karthago genannt, einer afrikanischen Stadt am Mittelmeer."

„Du bist sehr gebildet Jussef", staunt Martinus.

„Bist du gar ein Pädagoge?"

„Soviel weiss ich nun auch wieder nicht", gesteht der falsche Sklave bescheiden.

Martinus richtet den Blick auf seine Freunde.

„Längs der afrikanischen Küste herrschte einst eine bedeutende Stadt. Jussef hat uns bereits den Namen genannt, *Karthago*. Sie wurde von der phönizischen Königin Dido gegründet."

„Von Dido und Äneas hast du uns ausführlich berichtet", stellt Helmut fest, der sich schon auf eine neue Geschichte freut.

„Diese Stadt war sehr reich und viel mächtiger als Rom. Die Punier, so wie man dieses Volk nannte, stammten von den Phöniziern ab und waren deshalb ebenfalls ausgezeichnete Seefahrer und Händler. Ihre Hafenanlage suchte ihresgleichen, so gewaltig war sie. Mit ihrer mächtigen Kriegsflotte übten diese unbestrittenen Herren des Mittelmeeres seit Jahrhunderten ihre Macht nicht nur längs der nordafrikanischen und der iberischen Küste, sondern auch über viele Inseln aus. Sie besetzten unter anderem weite Gebiete Siziliens."

„Sizilien ist eine grosse Insel in Süditalien", erklärt Mario dem Senegalesen.

„Sizilien kenne ich leider zu gut", seufzt dieser, „das war meine erste Reiseetappe nach Italien! Dort strandete ich mit vielen anderen mittellosen Landsleuten in einem kleinen Kutter und wurde in ein Auffanglager gebracht, aber das ist eine andere Geschichte. Komm Römer, erzähl weiter!"

„Die Römer waren seit kurzem Herren über weite Teile der italienischen Halbinsel geworden. Sie hatten die nördlich gelegenen etruskischen Stadtstaaten erobert und auch die südlich gelegenen griechischen Küstenstädte Süditaliens unterworfen.

Sizilien lag nur noch ein Katzensprung von der italienischen Küste und somit von der römischen Landesgrenze entfernt. Ein Teil der Insel gehörte jedoch, wie gesagt, zum punischen Reich. Ihr könnt euch gut vorstellen, dass es dort unweigerlich zum ersten Gefecht zwischen diesen zwei Grossmächten kam. Die Punier hatten jedoch einen Vorteil: ihre Kriegsflotte! Sie suchten wiederholte Male Küstenstädte der italienischen Halbinsel heim. Die Römer wussten, dass sie die Punier unbedingt auf See besiegen mussten, wollten sie diese unschädlich machen. Doch dazu war eine eigene Flotte unerlässlich."

„Hatten die Römer denn keine Schiffe?", fragt Luisa interessiert.

„Wie ihr ja alle wisst, liegt Rom nicht direkt am Meer. Die einzige Verbindung zum römischen Hafen ist der Tiber. In Ostia wurden kostbare Waren von den grossen Handelsschiffen auf kleinere Flussschiffe umgeladen. Diese brachten die Güter dann auf dem schiffbaren Strom in die Stadt. Rom hatte keine Kriegsflotte, zumindest nicht eine, die den Puniern das Fürchten hätte lehren können. Wozu auch? Sie hatten es ja noch nie mit einer Seemacht zu tun gehabt. Sie brauchten also dringend Schiffe, genauer gesagt Kriegsschiffe und zwar von der allerbesten Qualität.

Aber was zeichnet ein gutes Kriegsschiff aus? Schlank muss es sein, mit einem flachen Rumpf und einer langen Reihe Riemen, das wussten sie. Und ein Rammsporn durfte auf keinen Fall fehlen.
Die unerfahrenen Römer zerbrachen sich die Köpfe mit solchen Fragen.”
„Ein *Rammsporn*?”, staunen alle im Chor.
„Ja, der Sporn war ein riesiges, scharfes Messer am unteren Bugteil des Kriegsschiffs knapp über der Wasserlinie. Diese Boote, Galeeren genannt, verfügten über sehr viele Ruderreihen. Bei einem Seegefecht zog man die Segel ein und die Ruderer legten sich in die Riemen. Sie trieben ihre langen, schmalen Schiffe so schnell vorwärts, dass sie die fremden Schiffe mit diesem Rammsporn, wie der Name es vermuten lässt, rammten oder aufschlitzten.”
Martinus hält mit Erzählen inne und schaut in die lauschende Runde.
„Nun halt uns nicht länger auf die Folter”, fordert ihn Tito auf.
„Genau”, doppelt Helmut nach, „wie lösten sie diese Knacknuss?”
„Fortuna stellte sich auf die Seite der Römer.”
„Wer war denn Fortuna? Etwa eine Expertin in Sachen Schiffsbau und Kriegsführung?”, kichert Jussef.
„Fortuna war die Schicksalsgöttin”, belehrt ihn sein muskulöser Freund ernst.
„Wie ein Geschenk des Himmels fiel den Römern ein gestrandetes Schiff der Punier in die Hände. Sie zogen es an Land und bauten es unverzüglich nach. Schon zwei Monate später besassen die Römer eine Flotte von sage und schreibe 120 Schiffen, welche den punischen Schiffen zum Verwechseln ähnlich sahen.”

„Die Punier haben bestimmt grosse Augen gemacht, als ihnen eine Flotte entgegenkam, die der ihrigen bis aufs Haar glich", vermutet Luisa.

„Bestimmt, aber sie liessen sich nicht beirren! Ohne grosse Mühe schlugen sie die unerfahrenen Neulinge und die Römer verloren ihre erste Schlacht auf See jämmerlich."

„Aber wie wir alle wissen", ergänzt der Senegalese sprachgewandt, „ging es nicht darum, keine Schlacht zu verlieren, sondern den Krieg zu gewinnen."

„Gut gesprochen Sklave! Die Römer waren schon damals wegen ihrer hervorragenden Kriegstechnik als aussergewöhnliche Krieger bekannt. Unglücklicherweise konnten sie auf See nicht in gewohnter Aufstellung kämpfen. Wie weiter?"

„Wieder eine Knacknuss", murmelt Helmut vor sich hin.

„Wieder Fortuna?", fragt Jussef hoffnungsvoll.

„Nein! Diesmal kam ihnen nicht die Schicksalsgöttin, sondern ein Vogel zu Hilfe", grinst Martinus geheimnisvoll.

„Und zwar ein Rabe. Die Römer liessen sich nicht unterkriegen und modifizierten ihre Schiffe, damit sie auf See genauso kämpfen konnten wie auf dem Festland."

„Das musst du uns genauer erklären!", bittet ihn Mario.

„Die Römer hatten jedes Schiff mit einem breiten, drehbaren Balken versehen.

Diese Konstruktion glich einem Rabenkopf, weil die Balken mit einem eisernen, schnabelförmigen Haken endeten. Sie wurden deshalb auch Raben genannt.

Mit einem Tau zogen die Krieger den breiten Balken in die Höhe. Wenn das feindliche Schiff nah genug war, liessen die Römer diesen hinuntersausen. Der eiserne

Schnabel schlug tief in die Bretter des feindlichen Schiffes ein und dieses konnte deshalb nicht mehr Reissaus nehmen.
Die Soldaten marschierten ungestört über diese *Brücke* hinweg und konnten in gewohnter Aufstellung von Mann zu Mann kämpfen, als wären sie gar nicht auf hoher See, sondern irgendwo im Grünen.
Die Römer erzielten im Jahr 493 dank dieser Erfindung einen bedeutenden Sieg in Sizilien bei Mylae.”
„Er meint damit 260 vor Christus”, denkt Mario und lächelt stolz vor sich hin.
„Schon nach mehreren erfolgreichen Seeschlachten griffen sie die Punier sogar auf afrikanischem Boden an. Der Krieg um Sizilien wurde schlussendlich durch eine entscheidende Seeschlacht von den Römern gewonnen und die Sieger freuten sich auf diese fruchtbare Insel, welche schon bald die Getreidekammer des Reichs werden sollte. Nun stand fest, dass Rom die stärkste Seemacht im Mittelmeer war.”
„Gab es während dieses Krieges auch Helden?”, fragt Mario erwartungsvoll.
„Aber natürlich lieber Mario, einen Helden gab es schon, aber diesmal geht die Geschichte für diesen Römer schlecht aus. Hör gut zu.
Während dieser Auseinandersetzungen waren auf beiden Seiten viele Soldaten in Kriegsgefangenschaft geraten. Die Punier hatten den Krieg satt und verlangten ihre Männer vergeblich zurück. Weil man ihnen jedoch kein Gehör schenken wollte, schickten sie einen römischen Gefangenen nach Rom, der den Senat auffordern sollte, die Kriegsgefangenen freizulassen und Frieden zu schliessen. Dieser Mann war niemand anders als ein bedeutender Konsul und Feldherr.

Er hiess Marcus Atilius Regulus. Bevor dieser Afrika verlassen durfte, musste er den Puniern jedoch versprechen, zu ihnen zurückzukehren, sollte sein Auftrag scheitern."

„Ich könnte einiges darauf verwetten, dass er diese Gelegenheit nutzte, um sein Leben zu retten", bemerkt Tito mit gedämpfter Stimme.

„Lieber Latiner, du scheinst die alten Römer nicht gut genug zu kennen! Höre und staune: Der Konsul Marcus Atilius Regulus forderte die Römer auf, die Kriegsgefangenen nicht zurückzugeben und den Krieg fortzusetzen. Die Römer bestanden darauf, dass Regulus nicht nach Karthago zurückkehren sollte und einen anderen statt seiner zu schicken. Doch Regulus antwortete stolz:

„Soll ein Römer etwa das Wort brechen? Ich werde zurückkehren, so wie versprochen."

Seine Frau und seine kleinen Kinder weinten bitterlich und sein ältester Sohn bat ihn, sie nicht zu verlassen. Doch Regulus blieb stur und reiste nach Karthago zurück, wo ihn eine schreckliche Todesstrafe erwartete."

Martinus unterbricht kurz seine Erzählung und ergreift eine Gabel. Er betrachtet die grosse Kartoffel in seinem Teller, dann ergänzt er ganz langsam:

„Man steckte den tapferen Konsul in ein mit Nägeln beschlagenes Fass und liess dieses einen Hang hinunterrollen."

Der kleine Römer spiesst die Kartoffel auf und nachdem er genüsslich hineingebissen hat, fügt er schmatzend hinzu:

„Wirklich hervorragend diese Erdäpfel."

„Bums! Hoppla!", so machte man das also damals!",
lacht Jussef und steht auf, während die anderen entsetzt
zum kauenden Römer blicken.
„Übrigens, ehe ich es vergesse, wer von euch weiss, wie
ein Sklave gekleidet war?"
Da immer noch alle Augen auf Martinus gerichtet sind,
blickt der Senegalese ebenfalls auf den hervorragenden
Erzähler. Jussef muss nicht lange auf die Antwort warten. Der Römer erklärt fachkundig:
„Eigentlich mit einer Tunika, wie ein einfacher Hand-
werker oder wie ein Arbeiter. Aber aufgepasst! Die
Toga war den Sklaven strengstens untersagt."
„Was war denn eine Tunika?", fragt Jussef.
„Und was eine Toga?", erkundigt sich der Muskelprotz.
„Eins nach dem andern. Also, eine *Tunika* war ein
schlichtes, kurzärmliges Gewand, das mit einem Gürtel
um die Taille zusammengehalten wurde. Es bestand aus
einem einfachen Stoff, aus grober Wolle oder Leinen.
Eine *Toga* hingegen war ein Obergewand aus feinem
Leinen, welches der Hausherr und seine Frau über der
Tunika trugen. Nur vornehme römische Vollbürger
durften sich mit einer Toga kleiden."
Jussef bedankt sich fürs Essen und schiebt den Stuhl
zurück.
„So liebe Freunde, jetzt, wo ich weiss, wie sich die Sklaven kleideten, gehe ich gleich ans Werk. Salut, les amis!"
Der Afrikaner bedankt sich bei Luisa und macht sich
auf und davon. –
Es ist allgemein bekannt, dass in jedem italienischen
Haushalt der Fernseher unweit vom Esstisch steht, sei
dies nun in der Küche oder im Wohnzimmer. Und es
gehört einfach dazu, dass die Kiste läuft, vor allem

wenn man Gäste hat. So wird gleichzeitig geplaudert, gegessen und TV geglotzt.

Aus diesem Grund denkt sich niemand der Gäste etwas dabei, als Luisa plötzlich nach der Fernbedienung greift und den Fernseher einschaltet.

Als der Ansager auf dem Bildschirm erscheint, springt Martinus wie von einer Tarantel gestochen hoch und zückt sein beidseitig geschliffenes Kurzschwert.

„Mach, dass du da rauskommst, du Schurke, aber dalli!", befiehlt er streng.

Als der Ansager nicht auf seine Aufforderung eingeht, flitzt Martinus brüllend um die Glotze herum. – Doch hinten ist niemand versteckt.

„Wie bist du da hineingeschlüpft? Komm sofort heraus oder willst du von meinem Gladius durchbohrt werden?"

Bevor ein Unheil geschieht, ruft Helmut:

„Halt, Martinus! Der Mann kann dich beim besten Willen nicht hören."

„Wieso nicht? Ist er taub?"

Die Anwesenden haben alle Mühe, dem verwirrten Martinus zu erklären, dass es sich beim Fernseher nicht um ein Wunder, sondern um eine neuzeitliche Erfindung handelt.

Der kleine Römer kann es kaum fassen und misstrauisch umkreist er mehrmals das TV-Gerät.

„Man kann auch auf andere Sender umschalten", ergänzt Luisa und macht es ihm gleich vor.

Flink wechselt sie von einem Kanal zum andern, doch als eine Herde Elefanten auf dem Bildschirm erscheint, ruft Martinus erstaunt:

„Halt, nicht weiterschalten! Das ist doch unmöglich! Sagt nur nicht, dass dies kein Wunder ist! Sogar

Elefanten haben in diesem Kasten Platz! Immer, wenn ich diese Dickhäuter sehe, muss ich an Hannibal denken."

„Also Hannibal ist sogar mir bekannt", brüstet sich Tito, „dieser geniale Feldherr hat doch tatsächlich ..."

Zu seinem grossen Bedauern stellt der Muskelprotz fest, dass ihm niemand zuhört, sondern alle gespannt Martinus zugewandt sind.

„Der erste Punische Krieg", beginnt dieser, „lag schon zehn Jahre zurück, als der erst neunjährige Hannibal auf Veranlassung seines Vaters Rom ewige Feindschaft schwor.

Sein Vater war ein wichtiger Feldherr. Schon bald durfte Hannibal mit seinen Brüdern an kleineren Schlachten teilnehmen.

Obwohl es bei seinem Vater im Zelt bequemer gewesen wäre, zog er es vor, mit den einfachen Soldaten im Freien zu übernachten und teilte mit ihnen darüber hinaus das bescheidene Essen. Bei allen überaus beliebt und geachtet, wurde Hannibal bald schon zum Feldherrn ernannt.

Er hatte sein Versprechen all die Jahre hindurch nicht vergessen und konnte jetzt seinen Eid in die Tat umsetzen. Er suchte nach einem Vorwand, um die Römer in einen Krieg zu verwickeln."

„Wer sucht, der findet", schulmeistert Mario schmunzelnd.

„Genau! Hannibal griff nicht etwa direkt Rom an, nein. Er überfiel eine blühende Stadt in Hispanien, die mit Rom befreundet war.

Wie vom afrikanischen Feldherrn erwartet, erklärten die Römer den Puniern den Krieg. Hannibals Truppen

belagerten und eroberten Saguntum, so der Name dieser prächtigen Stadt.
Der Feldherr wusste, dass die Römer nun mit einem Seeangriff rechneten und konnte mit dem tollkühnsten Unterfangen der punischen Armee beginnen."
Tito schmollt vor sich hin. Helmut stösst den enttäuschten Muskelprotz mit dem Ellbogen leicht an und flüstert ihm ins Ohr:
„Was jetzt kommt, weiss jedes Kind. Aber mal ganz ehrlich: Ist es nicht schöner, diese Geschichte aus dem Mund eines waschechten Römers zu hören?"
Titos Gesicht heitert sich auf und er ruft feierlich:
„Jetzt aber los mit dem Feldzug gegen die Römer!"
„Der punische Feldherr hatte einen Geniestreich im Sinn. Während die Römer mit einem Seeangriff rechneten, lenkte Hannibal seine Truppe mit über 50'000 Soldaten über die Alpen.
Er wollte den ahnungslosen Römern auf dem Landweg in den Rücken fallen. Hannibal hatte noch eine Geheimwaffe dabei, nämlich 37 Kriegselefanten.
Der Weg war lang und beschwerlich und die Reise sollte ganze fünf Monate dauern.
Sie führte durch unbekannte Gebiete, wo feindliche Stämme lebten. Einige von diesen waren ebenfalls mit Rom befeindet und schlossen sich den Puniern an, andere, im Gegensatz dazu, lauerten ihnen auf und griffen die Vorbeiziehenden wiederholte Male an.
Erst nach wochenlanger Marschzeit durch steiles und hauptsächlich verschneites Gebirge gelangten Hannibals Krieger tatsächlich nach Italien.
Der lange Alpenübergang hatte enorme Opfer verlangt. Viele Soldaten waren von den Feinden getötet worden, andere vor Kälte erfroren. *Summa summarum* oder

einfacher gesagt *alles in allem* war fast die Hälfte des Heeres unter fürchterlichen Qualen gestorben. Viele Dickhäuter fanden in den Bergen den Tod.”

„Die armen, kleinen Elefanten!”, erbarmt sich Luisa dieser Tiere, für die sie eine besondere Schwäche hat. Martinus schaut sie überrascht an.

„Was sagst du? Kleine Elefanten? Nun, dass mich Jussef als klein bezeichnet hat, kann ich verstehen. Heutzutage scheinen alle um mich herum regelrechte Riesen zu sein. Aber dass du die Elefanten als klein bezeichnest, kann ich beim besten Willen nicht nachvollziehen oder sind die heutigen Elefanten im Gegensatz zu den Menschen etwa geschrumpft?”

„Aber nein, Martinus”, lacht Luisa, „das ist nur, weil ich die Elefanten so süüüüüss finde.”

„Süss? – Unglaublich gefährlich sind sie! Aber kehren wir wieder zur Geschichte zurück.

Auf alle Fälle erwies sich Hannibal als grosser Kriegsstratege und gewann verschiedene Schlachten. Beim Ort Cannae in Süditalien gelang ihm im Jahre 537 ein gewaltiger Sieg.

Mario, der die Eselsbrücke *Sieben, fünf, drei – Rom kroch aus dem Ei* verstanden hat, flüstert Helmut stolz zu:

„Das war im Jahre 216 vor Christus.”

„70' 000 römische Legionäre starben den Heldentod. Dann, nach jahrelangen Kämpfen auf italienischem Boden kam die plötzliche Wende. Niemand weiss genau wieso, aber Hannibal zögerte den Angriff auf Rom lange hinaus. Sicher ist, dass er auf Verstärkung wartete. Er hielt sich im Süden des Landes auf und machte rein gar nichts!”

„Er lag wohl auf der faulen Haut!”, lacht Tito.

„Die Römer schauten diesem Treiben aber nicht taten-
los zu, sondern nutzten die Gelegenheit, um ihre Truppen nach Afrika zu senden. Dort griffen sie verschiedene punische Städte an. Hannibal musste den Rück-
marsch antreten, wollte er seinen Landsleuten zu Hilfe
eilen."
„Wieder über die Alpen?", fragt Helmut besorgt.
„Nein, diesmal übers Meer, aber er kam zu spät! In der
Nähe von Karthago, im Tal von Zama, kam es zur ent-
scheidenden Schlacht. Die Römer gingen als Sieger hervor und der zweite Punische Krieg fand sein Ende."
Luisa lacht feierlich in die Runde und bittet ihre Gäste
auf die schattige Terrasse hinaus. Zum Nachtisch trägt
sie eine grosse Früchteschale auf.
Martinus schaut neugierig hinein:
„Pfirsiche? Lecker! Kenne ich. Kirschen? Köstlich!
Kenne ich. Feigen? Fein! Kenne ich auch."
Von der Strasse her ertönt gleichzeitig eine bekannte
Stimme. Die Tischgesellschaft eilt zur Brüstung. Jussef
steht auf der Gasse und ruft laut und stolz:
„Na, was haltet ihr von meiner Tunika?"
Er zeigt würdevoll auf sein neues Gewand. Der Sene-
galese trägt ein ganzes Kleid, das bis zu den Knien
reicht. Die Unterarme sind frei und in der Taille wird es
von einem Stoffgürtel zusammengehalten.
Jussef erntet aber nicht den erwarteten Applaus, son-
dern ein riesiges Gelächter.
„Was ist los? Stimmt etwas mit dem Schnittmuster
nicht?", fragt er perplex.
„Das Schnittmuster ist perfekt", versichert ihm Martinus und zwinkert Tito zu.
„Was habt ihr dann zu meckern?", will Jussef verzweifelt wissen.

„Ich habe dir vergessen zu sagen, dass die Tuniken weiss oder braun waren, auf alle Fälle einfarbig und musterlos.”

Jussef schaut enttäuscht auf sein Kleid hinunter. Seine selbstgemachte Tunika mit den knallbunten Mustern erinnert noch stark an seine afrikanischen Gewänder.

„Komm herauf!”, bittet ihn Luisa, „wir finden bestimmt etwas Passendes für dich.”

Die Gastgeberin hat schnell ein altes, weisses Leintuch zur Hand.

„Daraus lässt sich eine hervorragende Tunika schneidern”, versichert Martinus und wirft sich das Tuch gekonnt um.

Unerwartet jedoch bleibt er regungslos stehen. – Der kleine Römer scheint kaum noch zu atmen.

Die Anwesenden versammeln sich neugierig um den erstarrten Mann. Doch auf einmal hebt dieser ganz langsam den Kopf und fasst mit einer Hand ins Kleid, aus dem er zur Verwunderung aller drei grosse Feigen hervorholt und sie gleich darauf zum Entsetzen aller auf den Boden wirft.

„Was soll das denn werden, wenn es fertig ist?”, will Jussef wissen und hebt die Früchte rasch auf.

Mit theatralisch aufgesetzter Stimme verkündet Martinus:

„Diese frischen Feigen habe ich vor drei Tagen im fruchtbaren Land der Punier gepflückt. So schnell wie diese Früchte nach Rom gelangt sind, so schnell können die Punier unsere Stadt erreichen. Ich stelle den Antrag, dass Karthago zerstört werden muss!”

„Aber Martinus”, protestiert Luisa, „das stimmt doch gar nicht! Du hast diese Feigen aus der Früchteschale genommen.”

„Was du nicht sagst, Luisa. Trotzdem stelle ich den Antrag, dass Karthago zerstört werden muss!", antwortet der Römer mit ruhiger aber entschlossener Stimme.
Mario klopft dem Legionär auf die Schulter.
„Stimmt etwas nicht mit dir, Martinus? Diese Feigen stammen aus Sizilien, nicht aus Karthago."
„Das ist sehr interessant, lieber Mario und ich glaube dir aufs Wort. Trotzdem stelle ich den Antrag, dass Karthago zerstört werden muss!", bekräftigt der kleine Römer hartnäckig.
Tito, der den Ausgang der punischen Kriege kennt, ergreift das Wort:
„Mit diesem Antrag hetzte der römische Senator Cato die Römer 50 Jahre später zum dritten und endgültigen Krieg gegen Karthago auf.
Er war seit zwei Tagen eilends aus Karthago zurückgekehrt, weil er dort nicht etwa eine verarmte, vom letzten Krieg niedergeschlagene Stadt vorgefunden hatte, sondern eine blühende, reiche Stadt mit vielen Soldaten. Er war sich sicher, dass Karthago bald wieder eine ernsthafte Bedrohung für Rom darstellten würde."
„Hat Cato es geschafft, die Senatoren mit den punischen Feigen für einen neuen Krieg zu überzeugen?", fragt ihn Helmut, der von Titos Wissen sehr beeindruckt ist.
„Da die Feigen allein noch nicht genügten", antwortet der Muskelprotz, „fügte der listige Cato in all seinen Reden den immer wiederkehrenden Satz an *Im Übrigen bin ich der Meinung, dass Karthago zerstört werden muss!*"
Tito ist zufrieden. Diesmal hat ihn niemand unterbrochen und Martinus nickt ihm anerkennend zu.
Luisa bittet alle zu Tisch. Die frischen Feigen, Pfirsiche und Kirschen sind den Gästen sehr willkommen.

Helmut hilft der Gastgeberin eine grosse Wassermelone in gleichmässige Stücke zu schneiden.

Bevor die lustige Gesellschaft jedoch mit dem Nachtisch beginnen kann, beendet Martinus den Bericht des freundlichen Muskelprotzes mit trauriger Stimme:

„Die Hartnäckigkeit von Cato führte tatsächlich zum dritten und letzten Krieg. Um der römischen Belagerung Stand zu halten, wurden alle eisernen Gegenstände geschmolzen und daraus Waffen geschmiedet."

Nach diesen Worten seufzt Martinus schwer und streicht kurz über Luisas langes, schwarz glänzendes und glattes Haar.

„Die punischen Frauen waren für ihre langen Haare weltbekannt. Es wird behauptet, dass sie ihre Haare geopfert haben, damit ihre Männer die Bögen neu bespannen konnten, jedoch vergeblich. Obwohl sich die tapferen und stolzen Einwohner von Karthago bis zum Äussersten wehrten, wurde ihre blühende, reiche und wundervolle Stadt von den römischen Truppen dem Erdboden gleichgemacht."

Luisa schluckt leer. Niemand wagt etwas zu sagen, bis Mario die unerträgliche Stille unterbricht:

„Gleich ist es 16:00 Uhr und ich muss wieder an die Arbeit. Was haltet ihr davon, den Kaffee in der miniBAR zu geniessen?"

„Das ist eine ausgezeichnete Idee", erwidert der deutsche Austauschstudent, der von Marios Kaffee begeistert ist. Jussef entschuldigt sich, da er sich so schnell wie möglich die neue Tunika zuschneiden möchte. Mit Luisas Leintuch unter dem Arm zieht der Senegalese zufrieden von dannen.

Auf dem Weg zur miniBAR berichtet Martinus von einer wirklich ausgefallenen römischen Speise. Luisa,

Mario, Tito und Helmut hängen gefesselt an seinen Lippen.

„Die einfachen Leute assen tagein tagaus Dinkelbrei und Weizenbrot. Es gab oft Hülsenfrüchte wie Bohnen oder Erbsen. Gemüse wie Kohl oder Zwiebeln gab es in Hülle und Fülle und an Früchten wie Birnen oder Äpfel fehlte es auch nicht. Auf Eier und Käse musste man auch nicht verzichten. Fisch und Fleisch hingegen waren teuer und nicht alle konnten sich diese Nahrungsmittel leisten. Schweinefleisch war sehr beliebt. Daraus machte man auch ausgezeichnete Würste. Bei reichen Leuten war das gefüllte Schwein eine besondere Gaudi. Man stellte das gegrillte Schwein auf den Tisch und schlitzte ihm den Bauch auf, wodurch Würste und Obst herausquollen."

Plötzlich verstummt der kurlige Römer. Die Gruppe erblickt Vincenzo den Obdachlosen vor der miniBAR. Dieser geht vor der Tür nervös auf und ab.

Der Legionär murmelt einen lateinischen Spruch vor sich hin:

„*Hannibal ante portas!*"

Tito kratzt sich am Kopf.

„Was sagst du da?"

„Hannibal vor den Toren!", gibt ihm Martinus zurück und flüstert dem Kraftprotz ins Ohr, „oder *Es herrscht höchste Gefahr,* so die Bedeutung dieser Redewendung."

Ausweichen ist nicht mehr möglich. Der Obdachlose hat die Herankommenden gesichtet und eilt schnurstracks auf die Gruppe zu. Martinus versteckt sich blitzschnell hinter den anderen.

„Wen verbergt ihr hinter euren Rücken?", fragt Vincenzo misstrauisch. Dann verwirft er die Arme und brüllt:

„Ich will heute keinen Schluck mehr trinken, wenn es sich nicht um den ulkigen Römermann handelt.”
„Das ist ein Wort, mein Lieber!”, ertönt es hinter den Versammelten und statt Martinus, und das kann sich nun jeder denken, tritt der Professore in strahlender Rüstung hervor.

Kapitel V

Wenn die Fussballmannschaften AS Rom und SS Lazio aufeinandertreffen, heisst es aufgepasst! Das Derby ist das Hauptereignis für jeden richtigen Fussballfan. Dann prallen die zwei gegnerischen Teams derselben Region im riesigen Stadio Olimpico aufeinander. Die AS Rom verkörpert die Stadt, die SS Lazio die Region Lazio. Die *Tifosi*, so nennt man die Fans in Italien, strömen in die gemeinsame Arena. In der Südkurve johlen und jubeln die Romafans und schwingen stolz ihre gelbroten Fahnen. In der Nordkurve feuern die Lazio Anhänger ihre hellblauweisse Elf an. Auch in der miniBAR spürt man die Spannung, die in der Luft liegt, Tage, ja sogar Wochen im Voraus. Am Dienstag soll es wieder so weit sein. Der Bürgermeister hat allen städtischen Angestellten Eintrittskarten zu diesem ausserordentlichen Spiel geschenkt. Pino der Busfahrer widmet sich mehr als sonst der rosaroten Fussballzeitung. Mario der Barbesitzer ist dank den vielen hitzigen Diskussionen zwischen seinen Gästen bestens informiert und Helmut, der hünenhafte, junge Austauschstudent aus Deutschland staunt, dass sich bei den Römern alles nur noch um die schönste Nebensache der Welt dreht. Er freut sich ebenfalls auf den Dienstag, dies aber aus einem ganz anderen Grund.

Ganze vier Mal schon ist der kurlige Legionär aus dem antiken Rom eben hier in der miniBAR erschienen und hat unseren Freunden von der Römerzeit berichtet.
„Martinus ist wirklich ein sehr kleiner Mann", murmelt Helmut vor sich hin und starrt ins leere Bierglas.
Mario steht hinter der Theke und reibt mit einem Geschirrtuch die frisch gewaschenen Kaffeelöffelchen trocken.
Der Gelehrte unterbricht die Unterhaltung mit der schüchternen Luisa und wendet sich dem Studenten zu.
„Du musst dich nicht darüber wundern. Die Leute jener Zeit waren im Allgemeinen kleiner als heute. Denk nur, die Römer massen im Durchschnitt 1.60 Meter."
„Dann müssen wir für ihn ja regelrechte Riesen sein", bemerkt Helmut bestürzt.
„Und was für welche, wenn man sich vorstellt, dass die antiken Römer die grossgewachsenen Germanen als *nordische Riesen* bezeichneten und diese sie nur um etwa eine Haupteslänge überragten."
„Soll das heissen, dass meine Urahnen, die Germanen also, zu jener Zeit nur so etwa 1,75 Meter gross waren?"
„Genau, und weil du schätzungsweise ..."
„1,92 Meter gross bin, erscheine ich dem kleinen Martinus wie ein regelrechter Supermegariese."
Helmut muss bei diesem Gedanken leer schlucken.
Pino steckt den Kopf hinter der rosaroten Sportzeitung hervor und fragt:
„Wer ist dieser Martinus?"
Der Supermegariese und der Professore tauschen verstohlen Blicke aus. Im Lokal herrscht plötzlich eine

beklemmende Stille. Niemand darf etwas über Martinus erfahren, nicht einmal Pino.

Es ist unglaublich aber wahr. Bis jetzt hat der Busfahrer von der ganzen Geschichte mit dem Legionär nichts mitgekriegt, so sehr ist er mit seinem Fussball beschäftigt gewesen.

„Martinus ist ein waschechter Römer und ein guter Freund von uns", antwortet ihm Helmut wahrheitsgetreu.

Pino ist guter Laune. Er nickt und grinst geheimnisvoll. Dann faltet er die Zeitung sorgsam zusammen und legt sie auf die Eistruhe zurück.

„Als waschechter Römer darf euer Freund deshalb auf keinen Fall das Derby verpassen", erklärt er und kramt aus seiner Hosentasche einen Briefumschlag hervor.

„Wie ihr bestimmt wisst, hat der Bürgermeister für alle städtischen Angestellten Eintrittskarten für dieses ausserordentliche Spiel gestiftet. Da auch die Busfahrer unter diese Kategorie fallen, bin ich ebenfalls beschenkt worden. Da einige Arbeitskollegen – ich nenne sie heimlich Banausen – auf ihre Karten verzichtet haben, überreiche ich euch hiermit fünf Tickets. Diese reichen für euch alle und auch noch für euren Freund Martinus, vorausgesetzt natürlich, dass ihr mit Begeisterung zur AS Rom halten werdet! Ich freue mich besonders auf dieses Spiel, weil dann endlich Caesar, der neue afroamerikanische AS Rom Superstürmer aus Brasilien mitspielen wird. Das wird ein Fest werden!"

Die Freude ist gross. Pino wird von allen Seiten bejubelt und umarmt.

„Genug, genug", ruft er auf einmal, „die Pflicht ruft, ciao!"

Der Busfahrer verlässt eilends die Bar. Helmut betrachtet sein Ticket neugierig. Auf der Vorderseite glänzt das Stadtwappen. Der goldene Schriftzug S.P.Q.R. auf rotem Feld macht ihn gleich neugierig.

„Was bedeutet eigentlich S.P.Q.R.?", will er wissen.

„S.P.Q.R. ist die Abkürzung für *Senatus Populesque Romanus*", erklärt der Professore fachkundig und fügt gleich hinzu:

„Das ist Latein und bedeutet soviel wie *der Senat und das römische Volk*. Dies war das Hoheitszeichen der Römischen Republik. Vielleicht hast du diesen Schriftzug schon auf öffentlichen Gebäuden, wie Spitälern oder Schulen bemerkt."

„Habe ich nicht", gesteht der junge Mann ehrlich.

„Dann achte zukünftig auf Brunnen oder Kanaldeckeln. Ja, sogar auf den Mülleimern kannst du diese vier Buchstaben entdecken", fügt Mario hinzu.

Helmut rümpft die Nase.

Der Professore erklärt die Bedeutung dieser Abkürzung wie folgt:

„Diese vier Buchstaben stehen praktisch auf allen städtischen Einrichtungen und sollen die enge Bindung zwischen dem Volk und der Regierung zum Ausdruck bringen."

Luisa bemerkt ihrerseits:

„Dann passt dieser Spruch ja hervorragend zum Fussballspiel, welches der Bürgermeister den städtischen Angestellten spendet."

Mario nickt:

„Ja, ein wirklich grosszügiges Geschenk! Ich bin der Meinung, dass wir unserem Zeitreisenden dieses neuzeitliche Spektakel nicht vorenthalten sollten."

„Und ich werde diesmal die Rüstung anziehen", teilt Luisa stolz mit, „denn ich kann mit Fussball nicht sehr viel anfangen."

Doch wie so oft kommt es anders als geplant. Am ersehnten Dienstag nämlich, als sich unsere Freunde wie abgemacht am späten Nachmittag in der winzigen miniBAR zusammenfinden, kommt Mario mit leeren Händen aus der Besenkammer zurück.

„Die Rüstung ist verschwunden!", jammert er kreideweiss im Gesicht. Die Bestürzung ist gross.

„Na, mich laust der Affe! Wer zum Donnerwetter nochmal hat die Rüstung aus der Kammer entfernt?", donnert Tito und seine kräftigen Muskeln spannen sich zu Bergen.

Die Freunde schauen sich ratlos an.

„Vielleicht hat sie jemand ... gestohlen ...", mutmasst der Barbesitzer entsetzt.

„ ... und hat sie angezogen", ergänzt Helmut nachdenklich und Luisa fügt besorgt hinzu:

„Und der arme Martinus irrt irgendwo in der Stadt umher."

Der Gelehrte nickt.

„Das ist denkbar möglich."

Nach langem Grübeln beschliessen sie auszuschwärmen, um nach dem kleinen Römer zu suchen und zwar dort, wo sie mit ihm unvergessliche Augenblicke verbracht haben. Der Professore steigt auf sein uraltes Fahrrad und radelt zur Tiberinsel, Helmut begibt sich auf den Palatin, Tito schaut sich rund ums Kolosseum um und Luisa holt ihre alte Vespa aus der Garage und fährt mit Mario kreuz und quer durch die Altstadt.

Bei der Tiberinsel, also zwischen den Hängen der sanften Hügel Aventin, Palatin und Kapitol, steigt der Professore von seinem klapprigen Fahrrad und stösst es dem Ufer entlang zu einem Platz, wo ein schmucker Rundtempel steht, dessen Dach von 20 Marmorsäulen gestützt wird. Es handelt sich um den Herkulestempel. Er ist der älteste noch erhaltene Marmorbau aus dem antiken Rom.

„Entschuldigen Sie", fragt ein amerikanisches Touristenpärchen den Gelehrten, als er eben eine riesige Kette ums Vorderrad befestigen will, „wir sind auf unserer Hochzeitsreise und suchen den *Mund der Wahrheit*."

Selbstverständlich kennt der Professore das verwitterte, steinerne Gesicht, das den alten Römern als Wasserspeier gedient hatte und heutzutage täglich Tausende Besucher zur Mutprobe anlockt. Er zeigt auf die nahe gelegene Kirche Santa Maria in Cosmedin.

„Da müssen Sie nicht mehr weitersuchen, denn in der Vorhalle jener Kirche dort, auf der gegenüberliegenden Strassenseite, befindet sich das antike Marmorrelief, das volkstümlich als *Mund der Wahrheit* bezeichnet wird."

Die Amerikaner machen sich auf den Weg und der Professore ruft ihnen noch hinterher:

„Achtung, der Legende nach schnappt die Steinmaske bei Lügnern und Ehebrechern zu, wenn eben solche ihre Hand in die Mundöffnung legen."

Das amerikanische Pärchen lacht amüsiert und überquert die Strasse.

Der Professore steht vor dem Herkulestempel. Auf der nahegelegenen Tiberinsel erhofft sich der Gelehrte, den römischen Ausreisser zu finden. Da ertönt vom Innern des Heiligtums eine tiefe Stimme.

„Martinus, du sollst die Wahrheit dann erkennen und
zum Felsen dich bekennen.”
„Martinus? Hat da nicht jemand Martinus erwähnt?”,
fragt sich der Professore und eilt durch die breite Tür
in den Innenraum des Tempels. Drinnen ist jedoch niemand zu sehen.
„Nun höre ich schon Stimmen”, denkt der alte Mann
und verlässt kopfschüttelnd die Kultstätte. Draussen
aber erwartet ihn etwas Unglaubliches. Die Kirche
Santa Maria in Cosmedin steht nicht mehr. Und da, wo
bis vor Kurzem stinkende Autos im Stau gestanden hatten, werden Rinder auf den Platz getrieben. Hier reihen
sich Kühe, Schafe und Ziegen aneinander. Ochsenwa-
gen holpern vorüber. Der Gelehrte will im Herkulestempel Zuflucht suchen, aber der Bau ist auf geheimnisvolle Art verschwunden. Hinter bunten Verkaufs-
ständen bieten Händler ihre Waren feil. Es wird gerufen
und gebrüllt. Die Luft ist angenehm frisch. Es wimmelt
von Leuten in langen Gewändern, die hier
zusammenströmen.
„Die tragen ja Tuniken”, schiesst es dem alten Mann
durch den Kopf.
Er traut seinen Augen nicht. Der Gelehrte möchte seine
Brille zurechtrücken, aber sie ist ebenfalls verschwunden.
„Das übersteigt meinen Verstand. Ich bin im alten Rom
gelandet”, murmelt er ganz verwirrt.
Der Professore weiss, dass in der Antike an dieser Stelle
der bedeutendste und älteste Rindermarkt abgehalten
wurde, der sogenannte Forum *Boarium*.
Mit Freude stellt er fest, dass er ebenfalls eine Tunika
trägt.

„So kann ich mich wenigstens ohne gross aufzufallen
unters Volk mischen und mich ein bisschen umsehen.”
Am Tiberufer sind viele Bürger damit beschäftigt, den
Deich auszubauen. Der Professore schaut ihnen gespannt zu.
Ein zahnloses Mütterchen nähert sich dem interessier-
ten Zuschauer.
„Die Flut soll nur steigen! Mit dieser hohen Mauer wird
der Tiber in Zukunft nicht mehr so leicht über die Ufer
treten!”
Der Professore bejaht und lächelt ihr verständnisvoll
zu. Dann geht er weiter. Auf der Höhe der Tiberinsel
bleibt er neugierig stehen und späht hinüber:
„Sieh da”, denkt er, „da steht wirklich der brandneue
Äskulaptempel! Die Römer dachten tatsächlich, dass
der Heilgott Äskulap jeden heilen würde, der in seinem
Tempel schläft.”
Er spaziert weiter bis zu einer dicht gedrängten Menschenmenge. Der alte Mann kommt nicht mehr weiter
und hört lautes Rufen und Johlen.
„Hier muss eine Veranstaltung stattfinden”, sagt er sich
und bahnt sich einen Weg durch die Zuschauer. Ganz
vorne erblickt er ein grosses Bild, das eine Hauswand
verziert. Es ist aus vielen bunten Steinchen zusammen-
gesetzt. Der Professore weiss, dass dies ein waschechtes
Mosaik ist. Davor schlagen sechs junge Männer mit echten Schwertern wild aufeinander ein. Dem Gelehrten
stockt vor Schreck das Blut in den Adern. Jeder Kämpfer ist mit einem Schild, einem Helm und mit Beinschie-
nen ausgestattet. Der Professore merkt schnell, dass sie
paarweise zusammenhalten.

„Es sind drei Paare, die sich äusserst entschlossen und brutal schlagen. Bei jedem Stoss spornt die Menge die Kämpfer an", denkt er.

„Gut so! Weiter so! Zeigt es ihnen!", tönt es laut.

Der Professore zuckt bei jedem Schlag verängstigt zusammen.

„Nur kein Mitleid", flüstert ihm ein wohlgekleideter Patrizier ins Ohr, „bei diesen Kämpfern handelt es sich schliesslich nur um Sklaven, drei Kriegsgefangene und einen ohnehin schon zum Tode verurteilten Verbrecher."

„Aber die kämpfen auf Leben und Tod gegeneinander!", ruft der alte Mann entsetzt.

„Das stimmt", gesteht der Patrizier offen und nüchtern. Dann fügt er stolz hinzu:

„Ich bin der Veranstalter. Diese drei Sklavenpaare kämpfen zum Gedenken an meinen verstorbenen Vater gegeneinander."

„Und wie kommen Sie auf so eine unmenschliche Idee?", fragt ihn der Professore bestürzt.

Der Patrizier schaut den alten Mann missbilligend an, dann erklärt er stolz:

„Mein Vater war ein tapferer Krieger. In Erinnerung an seinen Mut sollen sich diese sechs Männer heute vor seiner Grabstätte furchtlos schlagen. Einige werden dabei sterben und ich bringe auf diese Art meinem geliebten Papa ein Opfer dar."

„Sterben?", ruft der Professore fassungslos.

Doch der Patrizier hört ihm nicht mehr zu. Ein Kämpfer hat das Gleichgewicht verloren und liegt wehrlos am Boden. Drohend nähert sich ihm sein Gegner mit erhobenem Schwert.

Die Menschenmenge johlt: „Schlag zu! Töte ihn!"

Das ist nun endgültig zu viel. Der Professore hält sich
die Hände schützend vor die Augen. – Die Zuschauer
verstummen. – Stille! – Dann ertönt ein gellender
Schrei.
„Das darf nicht wahr sein, er hat ihn kaltblütig ermordet!", denkt der alte Mann entsetzt und sperrt seine Augen wieder auf.
Doch was ist das? Er steht wieder vor der Kirche Santa
Maria in Cosmedin und es ist nicht der Schrei eines zu
Tode getroffenen Mannes, sondern der schrille Angstschrei der amerikanischen Touristin. Ihr Ehemann versucht verzweifelt seine Hand aus dem Rachen der Steinmaske zu ziehen. Sein Gesicht ist vor Schmerz verzerrt.
Die *bocca della verità*, oder auf Deutsch *der Mund der Wahrheit* hat also wieder einmal zugeschlagen! Hat der Amerikaner gelogen oder hat ihr Gatte gar Ehebruch begannen? Aber nein doch! Der Ehemann ist ein famoser
Schauspieler. Er hat sich nur einen Spass erlaubt. Seine
Hand ist heil und ganz.
Der Professore wendet sich
gedankenversunken von der Kirche ab.
„Unglaublich! Ich habe einem der ersten. Gladiatorenkämpfe in Rom beigewohnt. Ein schreckliches Schauspiel."
Schon nach einigen Schritten hört der Gelehrte hinter
sich das schallende Lachen des amerikanischen Ehepaares.
Nachdenklich murmelt der ältere Herr vor sich hin:
„Martinus, du sollst die Wahrheit dann erkennen und
zum Felsen dich bekennen."

Ein strohblonder Riese mit einem dünnen Schnurrbart
spaziert durch die Trümmer des Forum Romanum. Der

junge Mann mit besockten Füssen in den Sandalen trägt Shorts und ein kurzärmliges Hawaii-Hemd. Im bunten Touristenstrom fällt der deutsche Austauschstudent jedoch nicht sonderlich auf. Helmut, so heisst er, steigt entschlossen auf den Palatin hinauf, um sich dort oben nach einem zeitreisenden Römer umzuschauen.

Am Rande des Hügels angelangt blickt er ins Tal hinunter, das zwischen dem Palatin und dem Aventin liegt. Er traut seinen Augen nicht. Dort, wo sonst eine ungepflegte, schattenlose Rasenfläche fast den ganzen Platz einnimmt, wo Jogger tagaus tagein unermüdlich ihre Runden drehen und müssige Hundebesitzer beieinanderstehen und diskutieren, erstreckt sich eine beeindruckende Pferderennbahn. Aber keine moderne, sondern eine sandige Rennbahn wie zu Martinus Zeiten.

„Der Circus Maximus! Die grösste Arena der antiken Welt!", schiesst es Helmut durch den Kopf.

Die ovale Piste schätzt er an die 600 Meter lang und an die 150 Meter breit. Links und rechts vom jungen Mann sitzen Tausende und Abertausende echte, antike Römer auf den Tribünen. Alle schreien und blicken gespannt auf die Rennbahn hinunter. Der deutsche Student ist beeindruckt.

„Was ist nur los?", fragt sich Helmut besorgt und reibt sich die Augen.

„Runter mit dir!", ertönt es hinter ihm und eine Hand packt den Deutschen an seiner braunen Tunika und reisst ihn barsch auf die steinerne Sitzbank hinunter. Kaum Platz genommen überreicht ihm ein Mann einen noch warmen Laib Brot.

„Danke schön!", hört sich Helmut sagen.

Der Austauschstudent schaut sich neugierig um. Wuchtige Paläste erheben sich stolz hinter den Tribünen, welche rundum die ganze Arena umschliessen.

Eine prunkvoll geschmückte Aufschüttung teilt den überwältigenden Platz der Länge nach auf, so dass eine lange ovale Bahn entsteht. Das Pferderennen ist in vollem Gange. Mehrere Wagenlenker jagen ihre kleinen, zweirädrigen Gespanne im Galopp um die Wette. Auf der Aufschüttung erkennt Helmut zwei ägyptische Obelisken, mehrere Statuen, einen kleinen Tempel, Palmen und ...

„Sind das nicht Delfine am Spiess?", staunt der Deutsche.

Der Mann zu seiner Rechten lächelt ihm freundlich zu. „Na, Sie sind wohl das erste Mal im Circus Maximus, junger Mann? Glauben Sie mir, das ist ein unvergesslicher Moment!"

„Da haben Sie bestimmt ganz recht", pflichtet ihm Helmut bei.

„Wozu dienen die blauen Delfine dort in der Mitte der Rennbahn?", fragt der Zeitreisende.

„Sie meinen wohl auf der *Spina*. Die Delfine sind aus Marmor und sind, ganz nebenbei bemerkt, nicht an einem Spiess, sondern an einer Stange festgemacht. Nach jeder Runde wird ein Delfin nach unten gedreht.

„Und aus wie vielen Runden besteht ein Rennen?", will Helmut wissen.

„Die zweirädrigen Wagen, die *Bigen* also, umrunden in der Regel siebenmal die Spina. Übrigens, auf welchen Rennstall haben Sie gesetzt?"

„Rennstall? Gesetzt? Auf keinen!", antwortet der junge Mann ehrlich.

Der Römer schüttelt den Kopf.

„Ist das Ihr Ernst? Es ist aber nun mal Sitte zu wetten. Ich schätze, dass Sie der einzige der rund 350'000 Zuschauer sind, der nicht gewettet hat. Apropos, ich habe auf den Rennstall mit den roten Wagen gesetzt. Die stehen nämlich unter dem Schutz von Mars, dem Kriegsgott. Rot symbolisiert den Sommer. Die anderen Farben verkörpern die weiteren Jahreszeiten.

Es finden heute insgesamt 24 Pferderennen statt. Darum können Sie immer noch Wetten abschliessen. Da, schauen Sie! Die neuen Fahrer machen sich bereit!"

Helmut späht auf die Bahn hinunter. Sie ist leer. Alle Blicke sind auf die zwölf Boxen gerichtet. Hinter eisernen Gittertüren erkennt Helmut farbige Gespanne. Drei grüne, drei rote, drei blaue und drei weisse.

„Frühling, Sommer, Herbst und Winter", vermutet der junge Mann.

Die Masse verstummt. In der riesigen Arena herrscht Totenstille. Ein Mann hält ein Tuch in die Luft. Als er es fallen lässt, öffnen sich die Boxen. Zwölf verzierte Wagen preschen heraus. Die Masse johlt und feuert die Lenker an. Die Wagen werden von je vier Pferden gezogen, die nebeneinander galoppieren. Jeder Lenker spornt seine Pferde mit Peitschenhieben und Rufen an.

„Der Zirkus steht Kopf", denkt sich Helmut, „das ist ja der reinste Hexenkessel."

Das Rennen ist so spannend, dass der junge Mann aus Deutschland sich von der Masse mitreissen lässt. Er hat seine überaus ungewöhnliche Lage für einen Augenblick vergessen und ruft und feuert wie alle Zuschauer die Wagen an.

Schon in der zweiten Runde kommt es zum ersten Unfall. Andere folgen Schlag auf Schlag. Wenn ein roter Wagen einen Gegner überholt, jubelt Helmuts

Nachbar. In der letzten Runde sind nur noch acht Wagen im Rennen. Sie jagen gegen den Uhrzeigersinn im Kreis herum. Die anderen sind verunfallt oder abgedrängt worden und deshalb ausgeschieden. Nach einer Viertelstunde ist das spannende Rennen aus und vorbei. Von allen Seiten ertönen Jubelschreie. Helmuts Nachbar ist enttäuscht. Ein weisser Wagen hat gewonnen.

„Der Lenker dreht eine Ehrenrunde und am Schluss kriegt der Rennstallbesitzer das erhoffte Siegeszeichen, den Palmenzweig", seufzt der Römer.

„Was? Nur einen Palmenzweig?", Helmut streicht sich den dünnen Schnurrbart glatt.

„Nebenbei bemerkt, ist es nicht schön, dass unser Kaiser dem Volk diese Spiele umsonst zukommen lässt?"

„Gratis?", fragt Helmut ungläubig.

„*Senatus Populesque Romanus*" geht es dem Austauschstudenten durch den Kopf.

„Natürlich, oder haben Sie etwa bezahlt?", fragt ihn der Nachbar mit einem breiten Grinsen im Gesicht.

„Nein ..., ganz gewiss nicht", stottert Helmut, „... man hat mir sogar noch einen Laib Brot geschenkt."

„*Panem et circenses* oder *Brot und Spiele*, wenn es Ihnen lieber ist", meint der Römer.

„Der Kaiser weiss, wie man das Volk zufrieden stellt." Helmut betrachtet gedankenverloren den wohlriechenden, frischen Brotlaib, als sich ein Mann hinter ihm nach vorne beugt und ihm ins Ohr flüstert:

„Martinus, du mein kleiner Wächter hier, reichlich Brot biet ich dir."

Helmut dreht sich blitzartig um, aber hinter ihm sitzt niemand, und als er wieder nach vorne blickt, ist der Circus Maximus verschwunden und mit ihm auch alle Zuschauer.

Der Spuk ist vorbei. Um die ungepflegte Rasenfläche fliesst wieder zäher Verkehr.

Der deutsche Student fasst es nicht. Hat er mit offenen Augen geträumt? Das wäre freilich eine logische Erklärung, wenn da bloss nicht das frische Brot in seinen Händen wäre.

Um dieselbe Zeit befindet sich auch Tito der Muskelprotz in einer ziemlich ungewöhnlichen Lage. Vor seinen Augen hat sich das Kolosseum verändert. Die alte Ruine ragt in ihrer ursprünglichen Pracht vor ihm in die Höhe. Alle vier Geschosse sind mit Bögen und Statuen verziert. Einsam und allein steht er vor dem über 50 Meter hohen Amphitheater.

Unweit davon und nicht minder imposant steht eine riesige Statue. Um Tito herum sind die Strassen leergefegt. Vom Innern des Kolosseums hört man die Menge toben. Er begreift sofort, wo er gelandet ist.

„Mich laust der Affe", denkt er laut vor sich hin, „ich befinde mich im alten Rom."

„Du führst ja Selbstgespräche", stellt ein kleines Mädchen fest, das keck auf einem Mauervorsprung sitzt und die Beine baumeln lässt. Es hat ihre Haare zu einem langen, schwarzen Pferdeschwanz zusammengebunden und hält eine zierliche Tafel in den Händen.

„Das ist ja ein gewaltiger Bau, dieses Kolosseum."

„Dieses was?", fragt das Mädchen und schaut den Muskelprotz misstrauisch an.

Tito erkennt seinen Fehler und stottert ein paar unverständliche Worte:

„Amphi ... theatrum ... Flavium, – nun ich wollte ...."

„Bestimmt kommst du von weit her", unterbricht ihn die Kleine.

„Ja, sogar von sehr, sehr, sehr, sehr weit her", gesteht
der Zeitreisende und schaut sich hilflos um.

„Du bist wohl ein Gladiator", vermutet das Kind und
schaut bewundernd zum Riesen hinauf.

Tito bemerkt mit Schrecken, dass er mit nacktem Ober-
körper dasteht. Er trägt einen kurzen, roten Lenden-
schurz mit einem breiten Eisengürtel. In seiner Rechten
hält er ein gerades, langes Schwert mit einem eleganten
Elfenbeingriff und in seiner linken einen ovalen Schild.

„Das sind aber nicht meine Kleider", denkt er und
kratzt sich am Hinterkopf.

Das Mädchen bestaunt den prächtigen Helm mit Fisch-
verzierung, der neben Tito am Boden liegt.

Der Riese versteht nicht, was geschehen sein mag und
setzt sich kopfschüttelnd zum Kind hin.

„Oje!", seufzt er.

„Wie heisst du?", will das Mädchen wissen.

„Tito und du?", fragt der Kraftprotz aus Latina.

„Mädchen haben doch keine Vornamen, aber alle nennen mich Septima, weil ich als Siebte geboren wurde.
Ich bin schon sieben Jahre alt.

„Was hältst du in deinen Händen?", erkundigt sich Tito
neugierig.

Septima errötet.

„Zeig mal her!", brummt Tito und staunt.

„Das ist ja eine Wachstafel! Und da sind Buchstaben
eingeritzt. Ein I und ein V."

„Das sind keine Buchstaben, das sind Ziffern. So geschrieben ist es die Zahl Vier", verbessert ihn Septima
streng.

Dem Riesen geht ein Licht auf.

„Du bist eine Schülerin und dein feuerrotes Gesicht
verrät mir, dass du eigentlich in der Schule sein solltest."

Als Septima schweigt, fügt Tito hinzu:
„Also, ich werde dich bestimmt nicht verpetzen, grosses Ehrenwort."
Das Mädchen seufzt erleichtert auf.
„Trotzdem, weisst du nicht, dass man nicht für die Schule, sondern fürs Leben lernt?"
„Also unser Lehrer sagt uns immer: Nicht für das Leben, sondern für die Schule lernt man!"
„Das ist aber eigenartig!", staunt Tito, der dieses Zitat anders in Erinnerung hat.
„In der Schule ist es mir zu langweilig. Ich kann nämlich schon besser zählen als all meine Mitschülerinnen. – Und übrigens kann ich hier mit ein wenig Glück die berühmten Gladiatoren vorbeikommen sehen."
„Na, einen hast du ja eben angetroffen", prahlt Tito, dem es gefällt, bewundert zu werden.
„Ja, das stimmt", jubelt Septima überglücklich, „auch wenn es nie wieder so berühmte Gladiatoren geben wird wie Spartakus der Rebell, Publius Ostorius oder Essedaria", ergänzt sie ein bisschen enttäuscht.
„Essedaria? Ist das nicht ein Frauenname?", fragt Tito verwundert.
„Aber klar doch! Sie war eine berühmte Amazone, also eine Gladiatorin. Sie kämpfte von ihrem Streitwagen aus."
Tito staunt.
„Dieses Mädchen schwärmt ja von den Gladiatoren, so wie in Zukunft die Kinder von berühmten Zeichentrickfiguren, Popstars oder Sportlern schwärmen werden", denkt der Kraftprotz. Er möchte Septima auf andere Gedanken bringen.
„Zeig mir einmal, wie du zählen kannst!"

Septima packt den Muskelprotz bei der Hand und zieht ihn an der riesigen Statue vorbei zum Kolosseum. Es bemerkt die bewundernden Blicke, welche der Muskelprotz der gigantischen Statue schenkt und belehrt ihn:
„Es handelt sich um den Sonnengott Sol. Kaiser Nero hat sie errichten lassen.”
Beim Kolosseum zeigt die Kleine auf einen als Bogen gestalteten Eingang.
„Schau her, alle Eingänge des Amphitheaters sind mit fortlaufenden Nummern gekennzeichnet! Willst du sie mit mir aufzählen?”
Septima schaut auffordernd zum Muskelprotz hinauf.
„Also gut! Aber nicht zu schnell”, bittet der Gladiator, der sichtlich Mühe hat dabei.
„Aller Anfang ist schwer!”, kichert Septima verschmitzt.
Das Mädchen kann wirklich schon sehr gut zählen. Tito kennt die römischen Zahlen schlecht, aber das Mädchen erweist sich als hervorragende Lehrerin.
„I ist eins, II ist zwei, III ist drei, IV ist vier, V ist fünf, VI ist sechs, VII ist sieben, VIII ist acht, IX ist neun und X ist zehn.”
Nach einer Runde schreibt sie die am Bogen abgebildeten Ziffern LXXX auf die Tafel.
„Es sind 80 Torbögen”, staunt der Muskelprotz.
Tito lernt schnell. Das Mädchen kritzelt mit einem Eisenstäbchen auch noch die wichtigsten Zahlenzeichen auf ihre Wachstafel.
I für Eins, V für Fünf, X für Zehn, L für Fünfzig, C für Hundert, D für Fünfhundert und M für Tausend.
„Und wie schreibt ihr die Zahl Null?”, fragt Tito am Schluss.

„Was soll denn das für eine Zahl sein?", lacht Septima den Muskelprotz aus. Dann schüttelt sie den Kopf und spricht:

„Man merkt sofort, dass du nur die Gladiatorenschule, die *Ludus Magnus*, kennst. Komm, zeig mir, was du gelernt hast und schreibe mir irgendeine Zahl auf!", fordert das Mädchen den Zeitreisenden auf.

Tito kratzt sich am Hinterkopf. Nach kurzem Nachdenken kritzelt er elegant die Zeichen DCCLIII auf die Tafel.

„Das ist die Zahl 753", stellt Septima fest.

„Ist das eine besondere Zahl?", will es wissen.

Tito lächelt geheimnisvoll.

Hinter dem Kolosseum ertönen plötzlich Schritte. Eine Gruppe Männer nähert sich den beiden. Es sind Gladiatoren.

„Aus welchen Löchern sind die denn gekrochen?", denkt Tito enttäuscht, denn er hatte sich diese berühmten Kämpfer ganz anders vorgestellt. Die meisten von ihnen sind gar nicht muskulös, sondern einfach nur rund beleibt.

„Da kommen noch andere Getreideknirscher!", jubelt Septima.

„Getreideknirscher?", fragt Tito befremdet.

„Natürlich, so werdet ihr doch genannt, da ihr fast ausschliesslich Getreide und Hülsenfrüchte esst."

Ein älterer Mann, allem Anschein nach, ein ehemaliger Gladiator, ist der Anführer der Gruppe. Er ruft Tito herrisch zu sich hin:

„Du da, Murmillo! Komm sofort her und stell dich auf!"

Tito schluckt leer.

„Meint der etwa mich?", flüstert er Septima ins Ohr.

„Na klar, du bist ein *Murmillo*. Der Lanzenkämpfer dort
ist der *Hoplomachus* und der Netzschwinger daneben ist
der *Retiarier*."
Tito packt stillschweigend seine Waffen und stellt sich
zu den Gladiatoren hin.
„Kampferprobte Männer!", ruft der Anführer, „in den
Morgenstunden fanden in der Arena die Tierkämpfe
und das Tierhetzen statt, in der Mittagszeit die Hinrichtungen, dann die Schaukämpfe mit den stumpfen
Schwertern und nun – ja, nun erwarten sie euch, die
echten Gladiatoren."
Septima zwinkert Tito zu. Der Muskelprotz hört gespannt den Worten des alten Gladiators zu.
„Denkt daran: Es gibt nur vier Arten, wie die Kämpfe
ausgehen können.
Erstens tödlich, durch eine ernsthafte Verletzung beim
Kämpfen oder zweitens ebenfalls tödlich, nach einer
Niederlage per Hinrichtung, wenn es vom Publikum
mit Daumen nach unten verlangt wird. Dann müsst ihr
vor eurem Sieger auf den Boden niederknien und mutig
den Todesstoss zwischen den Schulterblättern erwarten. Die Toten werden durch die *Porta Libitinaria* abtransportiert und im Massengrab beigesetzt.
Man kann aber auch drittens lebendig, nach einem
grossartigen Kampf, der unentschieden ausfällt oder
viertens ebenfalls lebendig, durch Begnadigung des
Publikums mit Daumen nach oben, das Amphitheatrum Flavium glorreich durch die *Porta Sanavivaria*, das
Tor der Gesundheit und des Lebens, verlassen."
Tito spürt, wie ihm der kalte Schweiss von der Stirn
rinnt.
„Kämpft gut, so wird euch das Publikum lieben! Die
Siegerprämie ist nicht zu verachten. Die Sklaven unter

euch können sich mit diesem Geld die Freiheit erkaufen.

Lasst uns also durch die *Porta Triumphalis* einziehen und das Publikum an die alten, römischen Tugenden erinnern: Gleichmut im Unglück, Kaltblütigkeit, Todesverachtung, Disziplin und Härte gegen sich selbst und dem Feind gegenüber.”

Die Männer stellen sich in Zweierreihen auf. Neben Tito gesellt sich ein schlanker Kämpfer mit einem Wurfnetz, einem Dreizack und einem langen Dolch. Ausserdem trägt er einen Armpanzer. Tito hat seinen Helm unter den Arm geklemmt und späht auf die Verzierung.

„Ein Fisch”, denkt er, „der Netzfechter hier will mich wie ein Fisch in seinem Netz fangen. Oje!”

Der Retiarier lächelt jedoch Tito freundlich an und spricht:

„Martinus, diesem Fischer musst du trauen, denn er wird ein Haus dir bauen.”

„Martinus?”, staunt Tito. „Kennst du etwa Martinus?”

Doch da beginnen die Männer im Gleichschritt ins Amphitheater einzumarschieren. Septima schaut den Gladiatoren lange hinterher.

Das Brüllen und Johlen des Publikums werden immer lauter. Als die Männer in die kreisrunde Arena gelangen, verstummt der Lärm und Tito befindet sich alleine in der Ruine des Kolosseums.

„Glück gehabt!”, Tito stösst einen Seufzer der Erleichterung aus.

Luisa ist zwar keine Gladiatorin, aber trotzdem unerschrocken, wenn es darum geht, sich mit ihrer Vespa einen Weg durch den dichten, römischen Verkehr zu bahnen. Zick zack und schon hat sie überholt. Zick zack und rein in die nächste Gasse!

Mario klammert sich an die Frau. Zusammen halten sie angestrengt Ausschau nach Martinus. Der Roller flitzt an der Fontana di Trevi vorbei, dem berühmtesten Brunnen Roms, dann weiter von Piazza zu Piazza, also von Platz zu Platz.

Der Schönheit der Piazza di Spagna mit ihrer weltberühmten Treppe schenken sie heute keinen Blick. Sie sausen kreuz und quer durch die Stadt, kurven achtlos um die formschönen Brunnen der Piazza Navona herum. Am Campo de Fiori, wo die Strassencafés zum Verweilen einladen, hätte Luisa fast noch einen Passanten angefahren. Doch auf der Piazza della Rotonda bleibt die Vespa plötzlich stehen.

„Wieso hältst du an? Hast du Martinus gesehen?", fragt Mario hoffnungsvoll.

„Nein, der Roller bockt."

Wirklich, so sehr sich Luisa auch anstrengt, ihre alte Vespa will einfach nicht mehr anspringen.

„Schau mal", sagt Mario, „wir sind genau vor dem Pantheon stehengeblieben. Das *Pantheon* ist uralt und wurde noch vor Christi Geburt erbaut. Für die Römer war dieser der Tempel der fünf Planetengötter."

„Der fünf Planetengötter?", wiederholt Luisa neugierig.

„Ja, damals kannte man nur fünf Planeten und diese stellten für die Römer die Götter Jupiter, Mars, Venus, Merkur und Saturn dar. Jupiter war der Wichtigste. Dazu kamen noch die Sonne und der Mond."

„Du weisst aber eine Menge über die Götterwelt, Mario", lobt ihn Luisa und errötet bei diesen Worten.

Er ist überrascht, was aus der Schulzeit in seinem Kopf hängen geblieben ist.

„Komm, wir schauen uns einmal im Innern nach Martinus um!", schlägt der Barbesitzer vor.

Im Tempel brennt keine Lampe. Es braucht auch gar kein künstliches Licht, denn in der Mitte der riesigen Kuppel befindet sich eine kreisförmige Öffnung mit einem Durchmesser von neun Metern. Ein Lichtstrahl erhellt den kreisrunden Raum und strahlt direkt auf eine Wand.

„Mario, komm schnell her", ruft Luisa ganz ausser sich, „das musst du dir mal ansehen!"

Der Barbesitzer tritt zur aufgeregten Frau hin, die auf die erhellte Stelle zeigt. Dort steht ein Satz. Mario liest ihn mit gedämpfter Stimme vor:

„Martinus, siebenmal sollst du verreisen und an fremden Tischen speisen."

Mario ruft:

„Schnell zu den andern, ich glaube, dass es sich um eine verschlüsselte Botschaft handelt!"

Er packt Luisa an der Hand und schon sind sie draussen. Sie sind beide so aufgeregt, dass sie nicht einmal staunen, dass der Roller ohne Wenn und Aber anspringt.

In der miniBAR angelangt ist es schon dunkel. Alle haben sich versammelt und tauschen aufgeregt ihre Erlebnisse aus. Der Professore ist der Einzige, der Ruhe bewahrt und aufmerksam zuhört.

Am Ende berichten noch Luisa und Mario von ihrem Fund. Der Gelehrte nickt:

„Ich teile Marios Meinung, dass wir mehrere verschlüsselte Botschaften erhalten haben. Wir haben zwar Martinus nicht gefunden, aber dafür etwas Ungeheuerliches erlebt. Lassen wir es für den Augenblick dabei bewenden."

„Was wollen Sie damit sagen?", fragt Tito, der seinen Ohren nicht trauen kann.

„Sollen wir etwa die Suche nach Martinus einstellen?"

„Nur für heute", antwortet der Gelehrte besonnen.

Helmut nickt und meint:

„Der Professore hat ganz recht. Es ist schon Abend und in der Dunkelheit ist es hoffnungslos zu suchen."

„Was seid ihr nur allesamt für faule Knochen!", donnert Tito und seine Muskeln spannen sich.

„Habt ihr denn alle schon die Nase voll? Martinus ist doch unser Freund."

„Das stimmt, Tito. Aber vielleicht hat man die Rüstung gestohlen und sie gar nicht angezogen. Dann suchen wir vergeblich", tröstet Luisa den sanften Riesen.

„Genug!", ruft der Professore bestimmt.

„Ich schlage vor, das Ganze für den Augenblick zu vergessen und ans Derby zu fahren."

„Ich komme auch mit, denn ich muss unbedingt auf andere Gedanken kommen", seufzt Luisa.

„Ich habe ja noch Martinus Eintrittskarte."

Kurze Zeit später sitzen die fünf Freunde im grossen Stadio Olimpico. Die zweite Halbzeit hat soeben angefangen. Die Tifosi klatschen Beifall. Irgendwo geht ein grosser Heuler los. Helmut und Tito sind nicht besonders beeindruckt.

„Das Kolosseum war genauso mächtig, aber viel schöner", behauptet Tito.

„Und der Circus Maximus erst", schwärmt ihm Helmut vor, „die Zuschauerzahl war bestimmt viermal so gross."

Als der afroamerikanische Stürmer aus Brasilien in der letzten Minute zu einem Elfmeter Anlauf holt, rufen alle wie aus einem Mund:

„Caesar vor! Noch ein Tor!"

Der neue AS Rom Superstürmer ist wirklich einsame Spitze. Er hat schon zwei Tore geschossen. Man kann ihn von ganz nah auf der Grossleinwand bestaunen. Aus dem Lautsprecher tönt es etwa so:

„Caesar, der neue AS Rom Superstürmer, legt den Ball auf die Elfmetermarke und nimmt Anlauf – doch was ist das? WER IST DAS?"

Die Menge verstummt. Auf der Grossleinwand erscheint ein kleiner Mann in römischer Rüstung. Er hält seinen Daumen in die Höhe und ruft aus voller Kehle:

„Caesar vor, noch ein Tor! Caesar vor, noch ein Tor!"

Dann wird der Spieler wieder eingeblendet. Dieser befördert den Ball mit einem gezielten Schuss elegant ins Netz. Die Menge brüllt und tobt. Aus dem Lautsprecher hallt es:

„Tooooooor! Drei zu Null für die AS Rom durch einen Elfmeter in der letzten Minute!"

Die fünf Freunde haben den johlenden Römer in der Menge erkannt und bahnen sich einen Weg durch die jubelnde Zuschauermasse.

„Martinus! Mich laust der Affe, du bist es ja wirklich!", freut sich Tito, der den Römer als erster erreicht und ihn fest an sich drückt.

„Wo habt ihr bloss gesteckt?", fragt sie der Legionär.

„Dieselbe Frage wollten wir dir eben stellen", sagt Mario der Barbesitzer.

„Vielleicht besprechen wir das in einer Pizzeria", schlägt der Professore vor, „hier ist es zu laut. Gleich neben der miniBAR gibt es die besten Pizzas der Stadt."

Im Restaurant ist es gemütlich. Martinus ist von dieser
Mehlspeise begeistert. Er hört gespannt den Abenteu-
ern seiner Freunde zu und macht jedes Mal ein besorgtes Gesicht, wenn sie einen Teil der verschlüsselten
Botschaft erwähnen. Er fasst zusammen:
„Martinus, du mein kleiner Wächter hier, reichlich Brot
biet ich dir. Diesem Fischer musst du trauen, denn er
wird ein Haus dir bauen. Siebenmal sollst du verreisen
und an fremden Tischen speisen. Sollst die Wahrheit
dann erkennen und zum Felsen dich bekennen. ”
„Was hältst du davon, Martinus?”, fragt ihn der Professore erwartungsvoll.
„Ich habe ein grosses Durcheinander im Kopf”, gesteht
der Legionär, „trotzdem bin ich sicher, diesen Spruch
noch nie gehört zu haben.”
Alle machen enttäuschte Gesichter. Doch Martinus
klopft sich zufrieden auf den Bauch und brummt:
„Wirklich hervorragend diese Pizza! Wie heisst sie doch
gleich?”
Mario freut sich sehr darüber, dass diese Speise dem
Römer schmeckt und erklärt:
„Pizza Margherita. Sie trägt den Namen einer italienischen Königin. Die Geschichte liegt nur einige Jahrzehnte zurück. Die Königin weilte in Neapel und verspürte grosse Lust, eine Pizza zu essen. Die Pizza war
damals ein Arme-Leute-Essen. Ein Pizzabäcker kreierte
daraufhin eine rot, weiss, grüne Pizza nach den Farben
der italienischen Nationalflagge mit roten Tomaten,
weisser Mozzarella und grünem Basilikum. Sie
schmeckte der Königin so gut, dass man diese Pizza
nach der Königin benannte, eben Pizza Margherita.”

Es ist schon spät und sie sind die einzigen Gäste im Saal. Der geduldige Kellner hinter der Theke verkneift sich das Gähnen.

„Verrätst du uns nun, wo du gewesen bist?", fragt ihn Luisa ein bisschen ungeduldig.

„Nun, ich bin in der miniBAR erschienen, und weil niemand da war, trat ich vors Haus. Dann habe ich ein paar lustige Tifosi angetroffen. Diese haben mich zum Spiel mitgenommen."

„Und wie bist du ins Stadion gelangt?", will Mario wissen.

„Mit dieser Karte hier!"

Martinus zückt ein Ticket. Auf der Vorderseite glänzt das rote Wappen der Stadt mit dem goldenen Schriftzug S.P.Q.R.

Der Kellner ist eingeschlafen und schnarcht in lauten Tönen. Er schläft schon zu tief, um das grelle Licht und das kaum hörbare PLOP wahrzunehmen. Und auch wenn er wach gewesen wäre, so hätte er seinen Augen nicht getraut. Der kurlige Römer ist verschwunden. An seiner Stelle, und das kann sich nun jeder denken, erscheint Pino der Busfahrer.

Kapitel VI

Rom ist trotz des zähen Verkehrs eine grüne Stadt. Es gibt viele Parks, die zum Verweilen einladen. Die meisten sind nichts anderes als riesige Gärten, die einst zu einer Villa gehörten, wo reiche oder adlige Familien wohnten. Die Villa Borghese ist bestimmt der berühmteste Park in Rom. Er ist so gross, dass sich darin sogar der städtische Zoo befindet.

Helmut verbringt hier einen Grossteil seiner Freizeit. Er macht fleissig seine Turnübungen und läuft täglich lange Strecken. Er kommt an Familien vorbei, die picknicken oder an Studenten, welche im Schatten der Pinien dicke Bücher lesen oder an Kindern, die sich hinter den Büschen verstecken. Heute erblickt er ein Liebespärchen. Die zwei Verliebten sitzen auf einer Bank und halten sich die Hände.

„Sind das nicht Mario und Luisa?", fragt sich der Hüne und läuft schnell weiter.

„Liebespärchen – stören – verboten!", denk er im Gleichschritt.

Beim Pincio angekommen hält er an.

„Endstation!", sagt sich der deutsche Austauschstudent und verschnauft.

Der *Pincio* ist ein herrlicher Aussichtspunkt. Auf dieser Terrasse sieht man über das Dächermeer der Stadt hinweg. Hier atmet Helmut tief durch und macht die letzten Dehnübungen. Danach geniesst er wie immer den Rundblick. Die ganze Stadt liegt ihm zu Füssen. Das ist sein Lieblingsplatz. Der Austauschstudent aus Deutschland weiss, dass dies vor langer Zeit auch der Lieblingsplatz eines anderen Deutschen gewesen war. Helmuts Landsmann war niemand anders als der berühmte Dichter Johann Wolfgang von Goethe.

Heute sind junge Pfadfinder auf dem Weg zum Zoo. Ihre Leiterin hält beim Pincio an und versammelt die Kinder um sich herum. Sie zeigt auf den grossen, runden Platz hinunter. Helmut hört ihr gespannt zu.

„In der Mitte des Platzes seht ihr einen ägyptischen Obelisken. In Rom hat es insgesamt elf Obelisken, mehr als in irgendeiner anderen Stadt der Welt. Dieser hier wurde im Jahre 10 vor Christus nach Rom gebracht und stand lange Zeit im Circus Maximus.

Ich möchte euch eine Geschichte erzählen, die sowohl in Rom als auch in Ägypten spielte und mit einem Tier im Zoo zu tun hat, welches wir danach sehen werden. Weil es sich um eine Geschichte handelt, die fast 2'000 Jahre alt ist, beginne ich so wie alle alten Geschichten beginnen, nämlich mit *es war einmal*.

Es war einmal ein armer Sklave. Er hiess Androklus. Sein reicher Herr war oft ungerecht zu ihm. Aus diesem Grund war der Sklave stets traurig.

„Was nützt es in einer prächtigen Villa zu leben, wenn man tagein tagaus nur schuften muss?", sagte er immer wieder und ballte die Fäuste.

Die Villa war wirklich wunderschön. Sie lag nicht in Rom, sondern in Ägypten. Ägypten liegt in Afrika und gehörte zu jener Zeit zum römischen Imperium. Androklus' Herr war ein hoher Beamter, ein Statthalter der römischen Provinz Ägyptens. Er liess es sich gut gehen. Er feierte oft Feste und lud Freunde ein. Es wurde gegessen, getrunken und viel gelacht. Die Speisen waren lecker zubereitet. Es gab gegrilltes Fleisch, frischen Fisch und viele Früchte.

Und Androklus? Er durfte zuerst einmal für alle kochen, dann abwaschen und erst am Schluss selber essen. Das Essen der Sklaven war einfach und leider immer zu wenig. Fleisch und Fisch gab es für Androklus sozusagen nie, stattdessen bekam er Brot, Datteln und Trauben. Nachdem er den Haushalt verrichtet hatte, musste er mit anderen Sklaven Datteln ernten, die Ziegen in den Stall treiben und erst wenn es ganz dunkel war, durfte er zu Bett gehen. Aber nicht in ein Bett wie das eurige. Nein! Androklus schlief auf dem harten Küchenboden, während sein reicher Herr in einem watteweichen Bett lag und laut schnarchte.

Manchmal, wenn sein Herr zu viel getrunken hatte, wurde er böse und schlug die Sklaven mit einem Stock.

„Ich halte dieses Leben nicht länger aus", sagte sich Androklus eines Tages und lief weg.

Er floh in die Wüste, denn dort kannte er sich gut aus.

„Hier haben schon meine Väter gewohnt und hier wird mich bestimmt niemand suchen."

Nach vielen Tagen gelangte er zu einem Gebirge. Dort entdeckte er eine Höhle.

„Hier wird mich niemand finden", dachte der Sklave. Dann überkam ihn ein schrecklicher Gedanke:

„Und wenn die Höhle schon bewohnt ist? Vielleicht hausen drinnen giftige Schlangen oder Skorpione. Vielleicht ist das die Höhle eines Schakals oder eines Wüstenwolfs."

Der Ausreisser versteckte sich hinter einem Busch und beobachtete den ganzen Tag lang den schwarzen Höhleneingang. Als jedoch kein Tier heraus und keines hineintrat, beschloss er, vorsichtig die Höhle zu betreten.

Drinnen war es nicht sehr gross und zu Androklus' Erleichterung wohnten hier auch keine Schlangen oder Skorpione.

„Was für ein Glück", jubelte er, „hier am Boden ist der Sand angenehm kühl!"

Es ging nicht lange und Androklus schlief zufrieden ein. Doch nach wenigen Stunden, der Mond stand schon hoch am Himmel und schien über die ganze Wüste, näherte sich jemand der Höhle. Ganz langsam und auf samtenen Pfoten schlich ein gewaltiger Schatten bis zum Eingang.

Androklus erwachte.

„Ist da jemand?", flüsterte er zitternd.

Statt einer Antwort, hörte er ein tiefes Knurren, welches ihm das Blut in den Adern gefrieren liess. Es war kein kleiner Schakal oder ein hagerer Wüstenwolf. Es war ein riesiger Löwe.

Androklus bebte am ganzen Körper.

„Er wird mich töten", dachte er verzweifelt.

„Er wird mich bestimmt töten und danach auffressen."

Als der Löwe näher kam und immer grösser und grösser wurde, sah Androklus erleichtert, dass das Tier ihn gar nicht beachtete. Es hatte nämlich selber grosse Sorgen. Der entflohene Sklave bemerkte, dass das Raubtier hinkte. Der Löwe wimmerte und legte sich auf den kühlen Sand nieder.

Androklus empfand grosses Mitleid mit dem riesigen Tier.

„Du muss ihm helfen", sagte ihm seine innere Stimme.

„Ist ein verletzter Löwe nicht viel gefährlicher als ein gesunder Löwe? Soll ich nicht lieber die Finger davonlassen?", dachte er.

Was sollte der arme Androklus nur tun? Der Sklave warf nochmals einen Blick auf das verletzte Tier. Der Löwe versuchte mit seinen langen Zähnen vergeblich irgendetwas aus seiner Pfote zu ziehen. Er leckte sich immer wieder an derselben Stelle.

„Da steckt ja ein langer Dorn in seiner Pfote!", bemerkte Androklus.

„Seine schneeweissen Zähne sind messerscharf."

Dann fasste der Sklave eine tollkühne Entscheidung:

Ganz vorsichtig näherte er sich der Bestie. Das verletzte Tier hob den Kopf und sah ihn an. Aber es knurrte nicht und in seinem Blick las Androklus etwas wie:

„Bitte erlöse mich von diesen Höllenqualen!”
Der Sklave nahm seinen ganzen Mut zusammen, kroch zum Löwen hin und zog den langen und blutigen Dorn aus seiner Pfote heraus.
Das Raubtier leckte zuerst seine Wunde, sprang danach freudig auf und wie ein Hund leckte er die Hand seines Retters. Androklus und der Löwe waren nun Freunde geworden. Sie teilten sich die Höhle und schliefen danach erleichtert Seite an Seite ein.
Nun lebten die zwei Freunde schon seit drei Jahren zusammen. Dieses Leben gefiel Androklus sehr. Doch eines Tages geschah etwas Unerwartetes.
Einige römische Soldaten ritten auf eleganten Pferden durch die Wüste. Weil sie weit geritten und schon hungrig waren, suchten sie sich bei den Felsen einen schattigen Platz, wo sie ihren Reiseproviant verzehren konnten.
Ihr werdet es nicht glauben, aber die Soldaten brachten ihre Pferde genau vor Androklus' Höhle zum Stehen.
„Schaut mal, eine Höhle!”, rief der Hauptmann.
Ein ängstlicher Soldat stammelte:
„Vielleicht hausen dort giftige Schlangen oder Skorpione. Vielleicht ist das die Höhle eines Schakals oder eines Wüstenwolfs.”
„Das Beste wird sein, wir werfen einen Blick hinein”, schlug der mutige Hauptmann vor und schritt mit gezucktem Schwert ins Innere.
Er traute seinen Augen nicht. Da schlief doch tatsächlich ein Mann seelenruhig im Sand. Er war mit Tierfellen bekleidet und trug einen langen Bart.
Der Hauptmann diente schon lange der römischen Armee und er erkannte deshalb sofort den liegenden Mann.

„Das ist ein entflohener Sklave. Nehmt ihn fest!", befahl er seinen Männern.

Androklus wurde im Schlaf überrascht und mit einem dicken Seil gefesselt. Sein Freund, der Löwe, war nicht da, um ihn zu beschützen. Er war seit Tagen auf der Jagd.

Der Ausreisser wurde an ein Pferd gefesselt und musste den reitenden Soldaten zu Fuss folgen. Der heisse Wüstensand brannte unter seinen nackten Füssen und die Sonne glühte erbarmungslos auf ihn nieder.

Die Soldaten brachten ihn zum Hafen und schickten ihn nach Rom. Dort sollte der entflohene Sklave die gerechte Strafe bekommen und im Circus Maximus den wilden Tieren zum Frass vorgeworfen werden.

In der ovalen Arena wurde er an einen Pfahl gefesselt. Die Zuschauer freuten sich schon auf das grausame Schauspiel. Unweit des Gefangenen stellte man einen zugedeckten Käfig hin. Als man das Tuch entfernte, erblickten die blutrünstigen Zuschauer zu ihrer Freude einen riesigen Löwen.

Die Senatoren in den ersten Rängen waren von der Grösse der Bestie beeindruckt.

Das wilde Raubtier brüllte laut auf, denn es war sehr hungrig. Ohne zu zögern rannte der Löwe schnurstracks zum Sklaven hin.

„Jetzt kann mich nur noch ein Wunder retten", dachte Androklus und schloss die Augen.

Doch was war das? Der Löwe leckte ihm die Füsse! Als der Sklave seine Augen öffnete, erkannte er das Tier. Es war sein Freund, der Wüstenlöwe. Auch er war in Gefangenschaft geraten und nach Rom gebracht worden. Die Masse hielt den Atem an. Niemand traute seinen Augen.

„Das ist ein Zeichen der Götter", sprach ein Senator
und befahl feierlich:
„Der Sklave und der Löwe sollen auf der Stelle frei gelassen werden!"
Überglücklich umarmte Androklus seinen Löwen.
Beide kehrten nach Ägypten zurück und wurden nie
mehr gesehen."
Die Pfadfinderleiterin bekommt einen tosenden Applaus von den Kindern. Einige haben sogar Freudenträ-
nen in den Augen. Auch Helmut klatscht Beifall.
„So, jetzt aber in den Zoo mit euch! Wir wollen doch
schliesslich die Löwen sehen", spricht die Leiterin und
springt auf. Die Pfadfinder marschieren in Zweierreihe
los.
Helmut schaut auf die Uhr.
„Noch eine Stunde bis Martinus erscheint", denkt er
und macht sich schleunigst auf den Heimweg. Er freut
sich schon riesig auf eine Dusche und auf Martinus'
Einfinden.

In der miniBAR ist alles bereit. Luisa hält die glänzende
Rüstung in den Händen. Tito hat sich heute nicht als
römischer Soldat, sondern als Gladiator verkleidet.
„Ich bin ein Murmillo", erklärt er den Anwesenden
stolz.
Der Professore hat eine pechschwarze Sonnenbrille
aufgesetzt. Der Gelehrte möchte herausfinden, was sich
im Lichtstrahl abspielt. Alle freuen sich schon riesig auf
den kurligen Römer.
„Jetzt soll es gelten", spricht Luisa und zieht sich die
Rüstung über. Blitzartig erhellt sich der Raum.

Während alle die Augen geschlossen halten, erblickt der Professore im strahlenden Licht ein grosses, verwittertes Tor.
Durch das Schlüsselloch klettert rücklings ein ganz winziger Martinus unbeholfen hindurch. Er lässt sich fallen und landet mit einem lauten PLOP auf seinen Hintern, dann springt er auf und schwellt unter den Blicken des Gelehrten sogleich auf seine natürlichen Grösse an.
Als das Licht verschwindet, steht der kurlige Römer in seiner ganzen Pracht vor seinen Freunden.
„Beim Jupiter, da bin ich wieder!", jubelt der Legionär.
„Willkommen du Ausreisser!", begrüsst ihn Tito der Muskelprotz herzlich und wirft ihn drei Mal hoch.
Mario tischt zur Feier des Tages heisse Cappuccini auf und reicht allen ofenfrische Cornetti.
Die Gäste langen tüchtig zu, nur der Professore bleibt nachdenklich auf dem einzigen Stuhl des Lokals sitzen.
Er murmelt immer wieder vor sich hin:
„Interessant, sehr interessant!"
Martinus bewundert Titos Gladiatorenhelm.
„Toll! Dieser Murmillohelm sieht ja verblüffend echt aus!"
„Ich habe ihn speziell anfertigen lassen. Ich weiss ja nun schliesslich etwas über die Gladiatoren zu berichten.
Übrigens, lieber Martinus, kannst du uns heute etwas über einen Gladiator erzählen, der Spartakus hiess."
„Aber klar doch! Spartakus war überhaupt der berühmteste Gladiator aller Zeiten. In meiner Kindheit war er mit Abstand mein Lieblingsfechter."
„War Sparabus ein Held?", will Mario wissen und seine Augen fangen vor Begeisterung zu glühen an.
„Spartakus, nicht Sparabus!", verbessert ihn Tito mit gewichtiger Miene.

Martinus leert seinen Cappuccino und fängt so an:
„Nun, Spartakus lebte zur Zeit der Republik, also noch
bevor das Amphitheatrum Flavium, das grösste Amphitheater der antiken Welt, gebaut wurde. Er war ein römischer Sklave. Niemand wusste genau, woher er gekommen war, aber eins stand schon bald fest: Dieser
Sklave war anders als die andern.”
„Du machst es aber wirklich spannend, Martinus”,
schwärmt Mario.
„Er war ein kräftiger, junger Mann. So ein Bursche sag
ich dir! Stark wie ein Bär. Aus diesem Grund liess man
ihn als Gladiator kämpfen. Doch das Gladiatorenleben
war hart und nicht selten kam es zu Aufständen.”
„War Spartakus auch ein Murmillo, so wie ich?”
„Nein, er kämpfte mit Netz und Dreizack und war deshalb ein Retiarius.”
Tito ist ein klein wenig enttäuscht, doch als Martinus
seinen Gladius aus der Scheide zieht und eine schreck-
lich gefährliche Grimasse schneidet, ist der kleine Frust
gleich wieder verflogen.
Martinus stellt sich mit gezücktem Schwert in Kampf-
pose hin und beginnt:
„Spartakus war unter den Fechtern sehr beliebt und
wusste, wie seine Leidensgefährten für seine Pläne einzusetzen waren. Eines Tages gelang es ihm und rund
200 anderen Fechtersklaven aus der Gladiatorenschule
zu fliehen. Sie mussten sich den Weg freikämpfen und
mehr als die Hälfte verlor dabei das Leben. Diese Flucht
sprach sich schnell herum und schon bald schlossen
sich ihm weitere Sklaven an. Die römischen Soldaten
waren den Ausreissern auf den Fersen. Die berüchtigte
Bande verschanzte sich auf einem Feuer speienden Vul-
kan bei Capua.

„Diesen Feuer speienden Berg nennen wir heute Vesuv. Er liegt bei Neapel und gilt seit Jahrzehnten als erloschen", unterbricht ihn der Professore.

„Erloschen? Heisst das etwa, dass der Feuergott Vulkanus nach der Zerstörung der Stadt Pompeji ausgezogen ist?", fragt Martinus ungläubig.

„Da sind wir wohl alle überfragt", gesteht Tito und kratzt sich am Hinterkopf. Ungeduldig ergänzt er: „Bitte, erzähl weiter!"

„Der aufständische Spartakus hatte sich mit seiner Meute also auf dem Feuer speienden Berg, den ihr Vesuv nennt, verschanzt. Man nahm diese Gladiatoren nicht sehr ernst und schickte deshalb eine kleine Truppe mit jungen, unerfahrenen Soldaten hin. Diese versuchten die Fechtersklaven vergeblich auszuhungern, aber die kampferprobten Männer überfielen und vertrieben in einer Nacht und Nebel Aktion die römischen Soldaten."

„Löste sich das Sklavenheer danach auf?", will der Barbesitzer wissen.

„Wo denkst du hin! Dieser Sieg war erst der Auftakt. Spartakus zog von einem Ort zum anderen und führte die Römer an der Nase herum. Seine Anhängerschaft wurde immer grösser und grösser und bald war Spartakus der Anführer eines richtigen Heeres."

„Boten die Römer nun bessere Truppen auf?"

„Die richtigen Legionen waren in Hispanien und in Afrika im Einsatz. Trotzdem versuchten einige Konsuln die Aufständischen zu vernichten."

„Vergeblich?"

„Vergeblich! Ich will euch einmal die tollsten Kniffe verraten, die der listige Spartakus gegen die Römer anwendete.

Einmal hatte der entflohene Gladiator mit seinen Männern eine Stadt erobert, die Soldaten getötet und sich darin verschanzt. Wieder versuchten die Römer sie auszuhungern. Diese waren sich ganz sicher, dass die Rebellen früher oder später aufgeben würden und lehnten sich siegessicher zurück. Doch Spartakus hatte eine schreckliche, ja sogar grausige Idee.
Eines Nachts liess er alle Leichen der gefallenen Soldaten als Wachposten aufstellen. Danach entflohen die Sklaven im Schutze der Dunkelheit.
Am nächsten Morgen vermutete kein Römer, dass sich die Rebellen aus dem Staub gemacht hatten. Die Wachposten auf der Stadtmauer schauten nämlich finster auf sie hinunter."
„Finster ist das richtige Wort!", lacht Tito.
„Erst nach einiger Zeit kam es den Soldaten seltsam vor, dass man keine Geräusche aus dem Städtchen vernahm und sie begriffen, dass sie übers Ohr gehauen worden waren."
„Wie gross war das Sklavenheer überhaupt?"
„Das Sklavenheer bestand aus Männern aus dem ganzen Reich und war vielleicht 100'000 Mann stark."
„Komm, erzähl noch mehr von diesem gerissenen Helden!", betteln Tito und Helmut gleichzeitig.
„Nun ja, Spartakus war wirklich mit allen Wassern gewaschen. Einmal liess er mehr als 300 römische Kriegsgefangene als Gladiatoren gegeneinander kämpfen."
„Das geschah den Römern recht!", urteilt Mario streng.
„So konnten sie am eigenen Leib erfahren, wie grausam solche Kämpfe waren."
„Weil in Rom niemand darauf brannte, gegen den listigen Spartakus anzutreten, zog er noch lange im Land auf und ab."

In diesem Augenblick geht die Tür auf. Mit wichtiger Miene tritt ein Feuerwehrmann herein und schaut sich um.

Tito erkennt den Herrn erst beim zweiten Hinschauen. Es handelt sich um Vincenzo den Obdachlosen. Er hat sich stark verändert. Seine Haare sind kurz geschnitten und frisch rasiert ist er auch. Der Bettler sieht viel jünger aus als sonst.

„Na, mich laust der Affe!", ruft der Kraftprotz.

„Was ist denn mit dir los, Vincenzo? Sag mal, bist du etwa krank?"

„Krank? Wo denkst du hin! Ich habe mich schon lange nicht mehr so gut gefühlt."

„Was darf ich dir anbieten?", fragt Mario höflich, „einen Grappa, ein Bier oder ein Glas Weisswein?"

„Pfui, willst du mich etwa vergiften?", schimpft der Obdachlose.

Mit wichtiger Miene gibt er bekannt:

„Ich trinke keinen Alkohol mehr und um diese Tageszeit pflege ich einzig und allein einen kräftigen Kaffee zu mir zu nehmen."

„Da hast du aber ganz recht, mein lieber Vincenzo", versichert Tito und klopft ihm anerkennend auf die Schulter.

„Alkohol ist doch das reinste Gift", verkündet der Feuerwehrmann. Dann zeigt er auf Martinus.

„Stellt euch nur vor, da war ich doch tatsächlich der Ansicht, dass sich dieser Römer hier in Luft auflösen könnte. Blödsinn!"

Die Anwesenden schauen sich verstohlen an. Martinus hat die Lage erkannt und schweigt Stille.

„Und was wirst du nun machen, jetzt wo du wieder in Hochform bist?", erkundigt sich Mario.

„Schaut mich an! Fällt euch denn nichts Aussergewöhnliches auf?"
„Der Uniform entnehme ich, dass du deine frühere Arbeit als Feuerwehrmann wieder aufgenommen hast."
„Ganz genau", antwortet Vincenzo dem Barbesitzer stolz.
Dann verkündet er feierlich:
„Und nun ans Werk. Mein Motto lautet: Ist die Feuerwehr alarmiert, hilft sie immer – garantiert!"
Die Anwesenden sind beeindruckt. Vincenzo leert den Kaffee in einem Zug und verlässt die Bar.
Die Geschichte geht weiter.
„Nahm es niemand mehr mit Spartakus auf?", fragt Mario.
Bevor Martinus antworten kann, fällt ihm der Professore ins Wort:
„Doch, und zwar jemand, der nicht nur darauf brannte, ihn zu vernichten, sondern jemand, der sich auch sonst aufs Brennen verstand, nämlich der Erfinder der Feuerwehr."
„Diese Geschichte kenne ich nicht", gesteht Martinus.
Der Professore rückt seine Brille zurecht.
„Um dem berüchtigten Gladiator beizukommen, meldete sich der reichste Mann Roms, nämlich Marcus Licinius Crassus.
Er war durch List und Betrug zu sehr viel Geld gekommen."
„Wie hat er das angestellt?", fragt Helmut.
„Im dichtbevölkerten Armenviertel Roms, Subura genannt, brachen immer wieder Brände aus. Crassus war mit seinen Feuerwehrsklaven stets zur Stelle. Während der Hausbesitzer jammerte und verzweifelt zusehen musste, wie sein Haus langsam aber sicher abbrannte,

klopfte ihm Crassus freundlich auf die Schulter und bot ihm seine Hilfe an."

Tito zuckt fragend seine Schultern.

„Ist das nicht etwa nett?"

Der alte Mann schüttelt den Kopf:

„Pass auf! Der gerissene Crassus liess den Brand von seinen Feuerwehrsklaven zwar löschen, aber erst nachdem der Hausbesitzer ihm das Gebäude zu einem Spottpreis verkauft hatte."

„Und wenn dieser sein Angebot ablehnte?", erkundigt sich Helmut.

„Dann brannte das Haus lichterloh weiter, bis es in Schutt und Asche lag."

„Ganz schön gerissen der Mann", bemerkt der Muskelprotz mit finsterer Miene.

„Er war noch viel gerissener, denn einige Stimmen behaupteten, dass er hinter vielen Bränden steckte."

„Soll das etwa heissen, dass er die Brände selber legen liess?"

„Genau! Wem das Verbrechen nützt, der hat es getan!", erklärt der Professore.

„Pfui, wie abscheulich!", stellt Martinus fest.

„Das nenne ich schmutziges Geld verdienen", bemerkt der Kraftprotz.

Martinus nimmt den Geschichtsfaden wieder auf.

„Der ehrgeizige Crassus strebte das Amt eines Konsuls an und legte gleich mit der Gladiatorenjagd los. Doch Spartakus und seine Männer waren mit allen Wassern gewaschen.

Weil Crassus sehr vermögend war, hatte er sehr schnell ein riesiges Heer beieinander und drängte die aufständischen Sklaven bis zur äussersten Südspitze der

Halbinsel zurück, von wo aus sie die Insel Sizilien sehen konnten."

Tito weiss gleich etwas dazu zu berichten:

„Italien ist keine Insel, sondern eine Halbinsel, weil von drei Seiten von Wasser umschlossen. Und da Italien die Form eines Stiefels hat und Spartakus nach Sizilien hinübersehen konnte, befand er sich an der Stiefelspitze. Diese Region nennen wir Kalabrien."

„Bravo Tito!", lobt ihn der deutsche Austauschstudent und greift nach einem süssen Cornetto.

„Ich wusste gar nicht, dass Italien eine so lustige Form hat", gesteht der kleine Legionär verblüfft.

„Jetzt, wo Crassus die Fechtersklaven eingekesselt hatte, gab es für diese kein Entrinnen mehr, aber Spartakus gab nicht so schnell auf.

Er liess einen riesenlangen Graben ausheben, der von Küste zu Küste reichte. Er liess sozusagen die Stiefelspitze der Halbinsel abtrennen."

„Das hast du aber gut erklärt", lobt ihn der Professore.

„Ich gebe halt mein Bestes."

„Eine abgetrennte Stiefelspitze? Aber dann haben sie sich ja selber eingekesselt", erstarrt Tito.

Mario macht ebenfalls ein besorgtes Gesicht.

„Also, wenn ich es richtig verstanden habe, waren die Gladiatoren vom Land abgeschnitten und hatten das Meer im Rücken. Wieso machten sie das?"

Der Professore kennt den Grund.

„Sie hatten auf die Hilfe der Seeräuber gehofft, von denen sie jedoch im Stich gelassen wurden."

„Das stimmt", bestätigt Martinus, „und weil sie nun auf sich selber gestellt waren, versuchten sie das Unmögliche."

„Und was war das?"

„Sie wagten einige Male durch die feindlichen Linien durchzubrechen, wurden aber immer wieder zurückgedrängt.”
Mario hält die Spannung fast nicht mehr aus.
„Gab es also gar keine Hoffnung mehr für Spartakus, die Gladiatoren und die Sklaven?”
Ein Lächeln erhellt Martinus’ Gesicht.
„Aber ja doch! Prügel hin oder her, der entflohene Gladiator gab nicht so schnell auf. Auch diesmal griff er zu schaurigen Mitteln.”
„Sag bloss nicht, dass er wieder die Leichen der gefallenen Soldaten einsetzte”, befürchtet Helmut und sein dünner Schnurrbart wippt vor Entsetzen.
„Doch! In einer stockfinsteren Nacht füllten die Fechtersklaven einen Teil des Grabens mit den Leichen von gefallenen Soldaten auf. Bei Tagesanbruch schritten sie über die Toten hinweg auf die andere Seite und brachen erfolgreich durch die feindlichen Linien. Auf diese Art waren sie wieder auf freiem Fuss.”
„Damit hatte der Feuerwehrhauptmann wohl gar nicht gerechnet!”, lacht Tito.
„Nein, bestimmt nicht. Leider nahm die Geschichte für den todesmutigen Gladiator ein böses Ende.
Eines Tages hatte Spartakus das Katz-und-Maus-Spiel -satt und wollte Crassus ein für alle Mal besiegen. Er plante einen Angriff auf das römische Lager seines Feindes. Bevor er seine Krieger in die Schlacht führte, zog er seinen Gladius und sprach zu ihnen:
„Wenn wir heute verlieren, brauche ich kein Pferd mehr. Aber wenn wir heute gewinnen, werde ich mehr Pferde haben, als ich jemals brauchen werde!”

Dann packte Spartakus sein Schlachtpferd an der Mähne und versetzte ihm mit dem Kurzschwert den Todesstoss."
Die Anwesenden wagen bei diesem Gedanken kaum zu atmen.
„Leider hatte der Gladiator seinen Feind unterschätz und sein Sklavenheer erlitt eine vernichtende Niederlage. Um die 6'000 Sklaven wurden gefangen und kurzerhand entlang der *Via Appia* gekreuzigt. Die Kreuze säumten noch lange diese Strasse."
„Wurde auch Spartakus hingerichtet?", fragt Tito.
„Das wissen leider nur die Götter. Entweder fiel er in der Schlacht oder er wurde ans Kreuz gehängt. Bestimmt ist er nicht geflüchtet, denn dies war nicht seine Art."
Helmut hat den letzten Bissen seines Cornettos verschlungen.
„Wieso kreuzigte man die Sklaven überhaupt?"
„Das Gesetz lautete nun mal so. Entlaufene Sklaven wurden zum Tode verurteilt. Und da viele von ihnen Nicht-Römer waren, wurden sie ans Kreuz gehängt. Der Tod trat langsam ein und die Verurteilten starben somit auf eine überaus qualvolle Weise."
„Heisst das, dass römische Bürger anders hingerichtet wurden?"
„Aber ja doch! Diese wurden mit dem Schwert erstochen oder enthauptet, also geköpft."
„Sozusagen kurz und schmerzlos", meint Helmut und lächelt bitter.
„Igitt! Das waren ja scheussliche Sitten", gesteht Mario.
„Der reiche Marcus Licinius Crassus wurde nach diesem Sieg zum Konsul ernannt und ging mit zwei anderen berühmten Männern ein Dreimannbündnis ein,

nämlich mit dem erfolgreichen General Gnaeus Pompeius Magnus und einem ehrgeizigen, jungen Mann. Sein Name war Gaius Julius Caesar."

Die Tür der miniBAR öffnet sich. Pino, der Busfahrer tritt herein.

„Caesar, Caesar! Ich höre immer nur Caesar!", schimpft er, greift gierig nach der Fussballzeitung und lässt sich auf den einzigen Stuhl fallen.

„Das ist ja wirklich nicht zu glauben! Die ganze Fussballwelt spricht von Caesar. Dieser afroamerikanische AS Rom Superstürmer aus Brasilien muss ja wirklich einsame Spitze sein. Und ich?"

„Jetzt kommt's", flüstert Helmut Tito ins Ohr.

„Ich habe doch tatsächlich sein erstes Spiel verpasst!", brüllt Pino verzweifelt.

„Ich, der grösste AS Romfan weit und breit."

„Jetzt wird er die Zeitung auf die Eistruhe knallen", tuschelt der Muskelprotz seinem deutschen Freund ins Ohr. Und tatsächlich; Pino knallt energisch die Zeitung auf die Eistruhe. Er ist verbittert.

„Irgendwie kann ich es einfach nicht ganz glauben, dass ich vor dem Spiel hier auf diesem Stuhl eingeschlafen sein soll. Ich kann mich bloss noch daran erinnern, dass ich hinter der Theke einen römischen Brustpanzer gesehen und ihn mir aus Jux angezogen habe."

Die Anwesenden schauen sich an. Pino tut ihnen leid. Seit einer Woche schon wiederholt sich diese Szene mehrmals am Tag. Es herrscht wie immer ein betretenes Schweigen.

Dann rafft Mario sich zusammen und tischt ihm zum x-ten Mal dieselbe Notlüge auf:

„Doch, doch mein lieber Pino! Wir wollten dich nicht wecken, und sind alleine zum Spiel gefahren.

„Und ich habe wirklich so tief geschlafen, dass ich nicht einmal gemerkt habe, dass ihr mir nach eurer Rückkehr vom Fussballereignis des Jahres den Brustpanzer ausgezogen habt und mich Tito zur Pizzeria getragen hat?"

„Ganz genau", fügt Tito hinzu und lässt seine enormen Muskeln spielen.

„Und ihr habt mir tatsächlich eine Pizza und Wein bestellt?", fragt Pino ungläubig.

Helmut nickt.

„Und wieso um alles in der Welt war die Pizza schon aufgegessen und der Wein schon ausgetrunken, als ich erwacht bin?", brüllt der Busfahrer aus voller Kehle.

Auch diese Antwort ist dem Busfahrer bekannt, aber Tito beantwortet sie zum x-ten Male:

„Du warst sooooo müde, dass du eben auch noch in der Pizzeria weitergeschlafen hast und deine Pizza wurde immer kälter und kälter und dein Wein wurde immer wärmer und wärmer ... Da habe ich ..."

„Hab' schon verstanden! Dann hast du alles aufgegessen und ausgetrunken."

„Genau!", lügt Tito.

Pino schaut auf die Uhr.

„Mist! Ich muss gleich weiter, die Arbeit ruft."

Der grösste AS Romfan verlässt mit hängendem Kopf das Lokal.

Der Professore räuspert sich. Er hat eine Idee.

„Meine Herren, was halten Sie davon, diesem Caesar einmal einen Besuch abzustatten?"

„Dem afroamerikanischen AS Rom Superstürmer aus Brasilien?", fragt Mario verblüfft und zieht die Augenbrauen hoch.

„Wo denkst du hin", lacht der Professore, „dem echten Julius Caesar, natürlich!" –

Zwischen dem Kolosseum, den Hügeln Palatin, Kapitol und Esquilin befindet sich das Forum Romanum. Dieses Trümmerfeld ist der Stolz aller Römer. Viele Überreste vergangener Zeit kann man hier noch bewundern. Säulen, Bögen, Strassenpflaster und dutzende Denkmäler ziehen die Touristen in Scharen an. Diese Ebene hat im Laufe der Zeit sein Gesicht immer wieder geändert. Zur Zeit von Romulus und Remus war es ein sumpfiger Weideplatz für Schafe. Später standen sich hier die Latiner und die Sabiner feindlich gegenüber. Nachdem der Sumpf über die Cloaca Maxima ausgetrocknet worden war, wurden die ersten Häuser und Tempel gebaut. Aus diesem Treffpunkt entstand ein Handelsplatz und nach und nach entwickelte sich dort der Mittelpunkt der Stadt.

Eine Gruppe buntgemischter Männer ist auf dem Weg zur Julius Caesars Statue, die man aus einem Museum für eine Zeit hier ausgestellt hat. Da wäre einmal ein älterer Herr mit runder Brille und braunem Anzug zu erwähnen, ein Barbesitzer mit einer um die Hüfte umgehängten, weissen Schürze, ein junger Mann mit besockten Füssen in Sandalen, ein muskulöser Gladiator und zuletzt ein kurliger, kleiner Römer, der wichtigste von allen.

Ihr Weg führt nicht durchs Forum, sondern am Kolosseum vorbei.

Tito der Muskelprotz hängt seinen Erinnerungen nach.

„Hier habe ich mit Septima die Bögen gezählt", berichtet er schwermütig.

Dann erstrahlt sein Gesicht vor Freude.

„Aber schaut nur! Hier kann man ja noch einige Zahlen erkennen."

Wirklich, über einigen Bögen kann man die eingemeisselten Zahlen sehen.

„X und I und L", bemerkt Mario.

„Soll ich dir die Zahlen erklären?", fragt Tito stolz.

„Ein andermal gern", unterbricht ihn Helmut. „Julius Caesar wartet."

Die Sonne steht schon hoch am Himmel. Bei der Statue steht eine rothaarige Familie. Die Eltern halten einen arg strapazierten Stadtplan in den Händen. Ihre zwei grossen Kinder, ein Mädchen und ein Junge, sitzen gelangweilt unter einer Pinie und schauen ziemlich interesselos dem Verkehr zu. Der Professore stellt sich in den Schatten der Julius Caesar Statue.

Der kleine Römer begrüsst ehrfurchtsvoll die Skulptur. Er streckt seinen Arm zum Gruss aus und brüllt aus voller Kehle:

„*Ave Caesar*!"

Die Geschwister schauen sich an und grinsen.

„Was geht denn hier ab?"

Tito schaut die beiden Teenager streng an, aber der kleine Römer lässt sich nicht aus der Ruhe bringen. Er antwortet ihnen mit sanfter Stimme:

„Das heisst soviel wie *Sei gegrüsst Caesar.*"

„Komm Martinus, erzähl uns etwas über diesen Mann", bittet Mario ungeduldig.

„Gaius Julius Caesar stammte aus einer altrömischen, patrizischen Familie. Seine Eltern waren zwar vornehm, aber an Geld fehlte es an allen Ecken und Enden, deshalb wohnten sie in der dichtbevölkerten Subura, also im Armenviertel."

Tito unterbricht ihn.

„Sag mal Martinus, wieso hatte Julius Caesar drei Namen?"

„Alle Römer trugen drei Namen. Der persönliche Name stand an erster Stelle.”
„Wie Tito?”
„Genau! Dann folgte der zweite Name. Daran erkannte man die Herkunft. Caesar ging aus der Sippe der Julier hervor. Das bedeutet, dass er von einer Person abstammte, von der ich euch schon erzählt habe.”
„Spann uns bitte nicht auf die Folter, schliesslich sind wir hier nicht in der Schule!”, wendet Mario empört ein.
„Ich weiss es”, verkündet der Professore.
„Er stammte von Julus ab, dem Sohn des Äneas, welcher wiederum der Sohn der Göttin Venus war.”
„Das trifft zu. Der letzte Name ist der Familienname.”
Die rothaarigen Geschwister sind neugierig geworden und spitzen die Ohren. Ihre Eltern haben sich ein bisschen entfernt und ihre Köpfe stecken nun noch tiefer im Stadtplan.
„Wenn ich alles auf die Reihe kriege, würde er heutzutage nur Gaius Caesar heissen”, vermutet das Mädchen.
„Wie langweilig”, mault ihr Bruder.
„Hat man so was schon gehört”, empört sich Tito, „diesen Teenagern sollte man Manieren beibringen, bevor sie ...”
Doch Martinus geht auf die beiden Störenfriede weiterhin nicht ein.
„Gaius Caesar heiratete mit 16 die Tochter eines Konsuls.”
Die Geschwister springen wie vom Blitz getroffen auf: „Haben wir richtig gehört? Hat Caesar mit 16 geheiratet? Auch wir sind 16 Jahre alt. Wir sind Zwillinge.”
„Wieso ist das so aussergewöhnlich? Wann heiratet man denn heutzutage?”
Die Geschwister betrachten den kleinen Mann verwirrt.

„Sie kommen wohl von weit her?", fragt der Junge.
„Von sehr, sehr, sehr, sehr weit her!", antworten ihm
alle Anwesenden gleichzeitig im Chor.
Der Professore übernimmt das Wort:
„Damals, müsst ihr wissen, war die Lebenserwartung
niedriger als heutzutage. Durchschnittlich wurde man
40 Jahre alt. Deshalb musste man mit allem ein bisschen
früher beginnen."
„Und wie alt wird man heutzutage, bitteschön?", will
Martinus wissen.
„Etwa doppelt so alt", gibt ihm Helmut knapp zur Ant-
wort.
Der Römer macht ein ungläubiges Gesicht und die
Halbwüchsigen mustern ihn misstrauisch von Kopf bis
Fuss. Aber bevor sie eine Frage stellen können, ertönt
gleich wieder der Chor:
„Von sehr, sehr, sehr, sehr weit her!"
Die Teenager krümmen sich vor Lachen, doch Marti-
nus erzählt weiter:
„Es gab damals zwei politische Gruppen, die Partei der
Reichen, also der Patrizier und die Partei des Volkes
und der Ritter, welcher auch Caesar angehörte. Die
Spannung zwischen diesen beiden Gruppen wurde so
unerträglich, dass es zu einem Bürgerkrieg kam."
Der Junge grinst:
„Heisst das, dass sich die Römer gegenseitig aufs Dach
gaben?"
„So kann man es von mir aus auch ausdrücken.
Weil die Partei der Patrizier gewann, verliess Caesar das
Land. Auf weiter See geriet er jedoch in die Gefangen-
schaft von Seeräubern. Diese waren auf ein hübsches
Lösegeld aus. Für den jungen Caesar forderten sie eine
niedrige Summe, nämlich 20 Talente."

„Was sagte Caesar dazu?", fragt Mario.

„Es sei eine Frechheit, sagte er verächtlich. Er stamme schliesslich vom König Julus ab, dem Gründer von Alba Longa und dieser wiederum von Äneas, dem tapferen Krieger, welcher wiederum der Sohn der Göttin Venus war. Er sei darum mindestens 50 Talente wert. Caesar versprach ihnen das ganze Geld auszuhändigen, aber er versprach ihnen auch, sie danach aufzusuchen und töten zu lassen."

„Hielt er sein Versprechen?"

„Ein Mann ein Wort! Kaum war er auf freiem Fuss, liess er nach den Piraten suchen. Er fing sie und liess sie kreuzigen."

„Gar nicht zimperlich dieser Gaius Caesar", sagt das Mädchen und betrachtet das strenge Gesicht der Statue.

„Der ehrgeizige Caesar hat sich als Politiker emporgearbeitet. Weil das römische Reich schon ziemlich gross war, setzte man ihn in Hispanien als Statthalter ein."

„Hört, hört!", ruft der Junge belustigt.

„Wie altmodisch. Er sagt Hispanien, statt Spanien."

„Was hat denn dieses Jungvolk eigentlich ständig zu stänkern?", seufzt Tito genervt.

„Ein Statthalter", denkt Helmut stolz, „wie bei Androklus in Ägypten."

„Caesar war zwar ein aggressiver Kriegsführer, aber auch ein grossartiger Stratege.

Wie ihr bereits wisst, durften in der römischen Republik zwei gleichberechtigte Konsuln ein Jahr lang gemeinsam regieren. Ihre Berater waren die Senatoren. Als Caesar nach Rom zurückkam, ging er mit den zwei Konsuln ein Bündnis ein; der eine war der reichste Mann Roms ..."

„Crassus, der Erfinder der Feuerwehr", unterbricht ihn Helmut und zwinkert dem Kraftprotz stolz zu.

„Der zweite war Pompeius ..."

„Der berühmte General", unterbricht ihn Tito und grinst seinem deutschen Freund zu.

„Caesar wurde ebenfalls Konsul und zum ersten Mal hatte die Millionenstadt Rom drei Machthaber. Diese Dreimännerherrschaft wurde *Triumvirat* genannt. Kurz nach seiner Ernennung zum Konsul begann Caesar seine Eroberungsfeldzüge in Gallien. Der römische Adler tauchte auch bald in Germanien auf."

„Da haben wir's", lacht das rothaarige Mädchen, „die Römer hatten einen Vogel."

„Und was für einen grossen!" Die Zwillinge kugeln sich vor Lachen.

Martinus sieht über die Plagegeister hinweg.

„Der Adler war das Wappenzeichen, sowie das Feldzeichen der römischen Legionen. Die neuen Grenzen wurden mit einem riesenlangen Holzwall, dem *Limes* gesichert. Die Römer landeten unter der Führung Caesars erstmals in Britannien."

„Wir kommen aus England und somit aus Britannien und wissen, dass die Römer es bei uns nicht lange ausgehalten haben", unterrichten die Zwillinge die Erwachsenen stolz.

„Wenn die damaligen Teenager in England so waren wie ihr, ist das kein Wunder!", donnert Tito genervt und streckt den beiden Flegeln die Zunge raus. Dann grinst er und ergänzt:

„So viel ich aber weiss, blieben die Römer einige Jahrhunderte lang in Britannien und gründeten sogar *Londinium* und wenn mich nicht alles täuscht, gibt es diese

Stadt noch heute, heisst London und ist sogar eure
Hauptstadt."
Helmut staunt und die Zwillinge schneiden dem Kraftprotz fiese Grimassen.
„Gab es für ihn keinen ebenbürtigen Gegner?", will
Mario wissen, der den Kleinkrieg zwischen Tito und
den Teenagern nicht wahrnimmt.
„Doch! Er hiess Vercingetorix. Dieser war ein gallischer
Fürst oder besser gesagt ein Arverner. Obwohl er aber
ein gefährlicher Gegner war, gelang es Julius Caesar, ihn
im Jahre 701 bei Alesia zu besiegen. Er wurde als Ge-
fangener nach Rom gebracht und sechs Jahre später
hingerichtet."
„52 vor Christus", rechnet Mario schnell aus.
Die Teenager haben gespannt zugehört. Ihre Eltern stehen bei einer Bushaltestelle und studieren jetzt den
Fahrplan. Sie scheinen ziemlich hilflos zu sein, denn sie
verwerfen die Hände. Die Zwillinge haben jedoch genug gehört und schlendern lässig zu ihnen hin. Tito ist
sichtlich erleichtert und pfeift eine lustige Melodie.
Der Professore schlägt vor, das Staatsgefängnis, wo der
Gallische Fürst eingesperrt war, zu besuchen.
Die Männer machen sich auf den Weg. Helmut folgt als
Letzter. Nach wenigen Schritten bleibt er stehen und
lauscht. Er hört wie die englischen Geschwister ganz
stolz ihren Eltern mitteilen:
„Was haltet ihr davon, Julius Caesar einen Besuch ab-
zustatten? Folgt uns zur Statue dort! Wir haben euch
etwas zu erzählen."
Der deutsche Student lächelt verstohlen.
„Martinus bringt sogar Teenagers zum Schwärmen!"

Unweit der Caesar Statue führt eine steile Treppe in ein Verliess hinunter. Die Gruppe gelangt durch den engen Stollen zu einem grossen, verwitterten Tor.

Martinus bleibt wie vom Schlag getroffen stehen.

„Das darf doch nicht wahr sein", staunt er.

„Was ist los?", fragen Tito und Helmut gleichzeitig.

„Hier unten war ich schon als Kind", erklärt der kleine Römer.

„Zur Zeit von Vercingetorix dem Arverner?", informiert sich Mario neugierig.

Martinus konzentriert sich. Die fernen Erinnerungen nehmen langsam Gestalt an. Mit bebender Stimme beginnt er zu erzählen:

„Nein, nein, erst viele Jahrzehnte später. Mein Vater war hier der Aufseher. Eines Tages, ich war gerade mal fünf Jahre alt, durfte ich ihn hierher begleiten. Der Gang war dunkel. Es roch beissend und die Wände waren feucht. Ein schrecklicher Ort. Vor dieser Tür hier blieb er stehen. Er strich mir sanft über den Kopf und flüsterte mir zu:

„Hinter dieser Tür halten wir einen besonderen Gefangenen, mein Kind. Er heisst Simon und kommt von sehr weit her. Ich habe ihm von dir erzählt und er hat mich gebeten, dich mitzunehmen."

Da es meinem Vater nicht erlaubt war, das Tor zu öffnen, hob er mich behutsam auf, und liess mich durchs Schlüsselloch schauen. Im Innern der Zelle erblickte ich einen Mann mit lockigem Haar. Er trug einen langen Bart und schien auf mich gewartet zu haben. Obwohl er nur mein Auge sehen konnte, lächelte er mir zu und sprach diese Worte:

„Schau hinein ins Schlüsselloch, Simon beugt sich keinem Joch!

Wirst einst ein Schlüsselloch entdecken und meine Grösse wird dich wecken."
Martinus verstummt, dann fügt er traurig hinzu:
„Ich habe sein Lächeln und diese Worte mein Leben lang nie mehr vergessen."
Kaum hat Martinus diesen Satz ausgesprochen, erhellt sich der ganze Stollen und nach einem kaum hörbaren PLOP ist der kurlige Römer verschwunden.
An seiner Stelle, und das müsste man eigentlich gar nicht erwähnen, erscheint die schüchterne Luisa.

Kapitel VII

Rom ist eine Pilgerstadt. Christliche Gläubige aus aller Herren Länder reisen jahrein jahraus per Bahn oder Bus, per Flugzeug oder per Schiff in diese historische Stadt. Zahlreiche schmucke Klöster, prächtige Kirchen und prunkvolle Basiliken prägen das Stadtbild.
Einige Gotteshäuser befinden sich dort, wo schon zur Zeit der antiken Römer Heiligtümer gestanden hatten. Diese wurden entweder schlicht und einfach niedergerissen oder man liess sie bestehen und funktionierte sie in Kirchen um, wie zum Beispiel das Pantheon. Dieses Gebäude mit seinen mächtigen Säulen und der gigantischen Kuppel ist heutzutage eine Kirche, aber unverkennbar ein antiker Tempel. In diesem Rundbau betete man vor langer Zeit zu den sieben Planetengöttern. Heute sind die Statuen dieser Götter aus den Nischen verschwunden.
Doch nebst den zahlreichen Gotteshäusern wollen die Touristen vor allem dem grössten Tempel der

Christenheit einen Besuch abstatten, dem weltberühmten Petersdom.

An bestimmten Festtagen drängen sich Scharen von katholischen Christen auf dem säulengezäumten Vatikanplatz und hören gespannt den Worten des Papstes zu.

Heute ist kein Festtag. Es ist Dienstag. –
Ein älterer Herr mit runder Brille und braunem Anzug radelt auf einem uralten Fahrrad zur Stadt hinaus. Nachdem er das grosse Tor in der Aurelianischen Stadtmauer passiert hat, wird die Strasse eng und holprig. Diese Strasse ist weltbekannt. Es handelt sich nämlich um die *Via Appia Antica.* Diese berühmte Römerstrasse führte einst der Küste entlang nach Süden und zwar über Capua nach Brindisi, damals wie heute eine wichtige Hafenstadt. Die zahlreichen Monumente, die Ruinen und die Inschriften auf den Grabsteinen am Strassenrand zeugen noch heute von vergangenen Zeiten. Obwohl es noch frühmorgens ist, schwitzt der Professore, wie er von allen genannt wird, dicke Schweissperlen. Er hat sich nämlich eine schwere Sporttasche umgehängt. Der Gelehrte muss zum Glück nicht weit radeln. Vor einer kleinen, weiss verputzten Kirche hält er an. Über dem Tor steht *Domine, quo vadis.*
Padre Tiziano hatte sich an diesem Morgen eigentlich fest vorgenommen, den kleinen Vorplatz zu fegen, war aber dabei eingeschlafen. Auf den Besen gestützt steht der kahle Pfarrer nun schlafend da.
Als der Professore klingelt, wird der Pater abrupt aus dem Schlaf gerissen. Ziemlich verdattert grüsst er seinen Freund und streicht sich verlegen über die Glatze. Mit verschlafener Stimme fragt er:
„Professore, quo vadis?"

„Wo ich hingehe, ist kein Geheimnis, Padre Tiziano, nämlich zu Ihnen. Ich brauche dringend Ihre Hilfe.”
„Wie kann ich Ihnen behilflich sein?”
„Ich suche ein Tor”, antwortet der Gelehrte und steigt vom Rad.
„Ein Tor? Nun, lieber Professore, für gewöhnlich sucht man bei mir Rat oder Trost, aber ein Tor – das hat wahrlich noch nie jemand bei mir gesucht.”
„Es handelt sich auch nicht um ein gewöhnliches Tor, sondern um ein ganz bestimmtes.”
„Das kann ich mir schon denken. Vielleicht verraten Sie mir noch ein bisschen mehr darüber.”
„Nur soviel, dass man durch dessen Schlüsselloch Simon, den Fischer sehen kann.”
„Na, das ist doch schon mal etwas! Und weil es mit Simon zu tun hat, sind Sie hier an der richtigen Stelle.”
„Das habe ich gehofft.”
„Übrigens Professore, was tragen sie in ihrer schweren Sporttasche?”
„Eine Imperiale Lorica Segmentata oder einfacher gesagt eine römische Rüstung.”
Padre Tiziano legt brüderlich seinen Arm um die Schulter des Professore und gemeinsam treten sie in die Kirche ein.

Inzwischen haben sich Mario, Luisa, Helmut und Tito beim Forum Julium, dem Caesarforum eingefunden, der sich unmittelbar neben dem Foro Romanum befindet. Der Professore hat ihnen eine Führung organisiert. „Damit es euch nicht zu langweilig wird, bis ich wiederkomme”, hatte er ihnen gesagt. Die Fremdenführerin ist eine alte Bekannte des Professore und – seinen Worten nach – ein richtiges Reibeisen.

„Vom Charakter einmal abgesehen ist sie eine hervorragende Fremdenführerin," hatte er allen vor seiner Ab-
fahrt in der miniBAR versichert, während Mario, Tito,
Luisa und Helmut besorgte Blicke ausgetauscht hatten.
Kaum sind die Freunde im Forum Julium eingetroffen,
werden sie von einem hageren, grauhaarigen Mütter-
chen sogleich gerügt:
„Wurde auch Zeit!"
Die Fremdenführerin hat einen strengen Blick aufge-
setzt, schaut in die Runde und verkündet in einem fei-
erlichen, schrillen Ton:
„Alea iacta est! Ich heisse Frau Dottoressa Camilla."
Nach diesen Worten wirft sie den Kopf stolz in den
Nacken, so dass man direkt in ihre grossen Nasenlöcher
sehen kann.
„Wie war das?", fragt Luisa.
„Ach, du liebe Zeit, das fängt ja gut an! Ich heisse Frau
Dottoressa Camilla", wiederholt das steife Mütterchen
mit einem lauten Seufzer.
Luisa schluckt leer, nimmt aber prompt ihren ganzen
Mut zusammen und erklärt:
„Nicht das, sondern der lateinische Spruch."
„Ach so! *Alea iacta est* bedeutet *Der Würfel ist gefallen*. Das
ist ein berühmter Spruch und stammt von Caius Julius
Caesar. Auch dieses Zitat ist von ihm *Veni, vidi, vici*,
übersetzt *Ich kam, sah und siegte*. Wir befinden uns hier
im Forum Julium. Dieses Forum liess Caesar als Zei-
chen seiner Macht errichten."
„Sie scheinen eine Menge über Caesar zu wissen",
meint Tito.
„Also, dass es von vornherein klar ist: Ich bin eine
Spruch- und Zahlenexpertin", und sie wirft ihren Kopf
aus lauter Gewohnheit wieder stolz in den Nacken.

Mit wichtiger Miene fügt sie gleich hinzu:

„Hört und staunt! Ich kenne über 100 wichtige Jahreszahlen, die für die römische Geschichte von grundlegender Bedeutung sind."

„Kennen Sie auch Heldengeschichten?", fragt Mario hoffnungsvoll.

„Heldengeschichten? Also hört mal, ich bin eine Geschichtswissenschaftlerin und keine Geschichtenerzählerin!", antwortet die Fremdenführerin eitel.

„Was können Sie uns denn überhaupt über Caesar berichten?", brummt Mario ziemlich enttäuscht.

„Eine ganze Menge. Da wäre einmal zu erwähnen, dass er genau im Jahre 100 vor Christus geboren wurde und dass er nicht nur ein tapferer General war. Während seiner Eroberungszüge in Gallien führte er ein Tagebuch und erwies sich als höchstbegabter Schriftsteller. Seine Bücher kann man heute noch lesen.

Caesar eroberte viele verschiedene Stämme, die damals in Gallien hausten. Stellt euch vor: Für den ganzen Gallischen Krieg brauchte er bloss zehn Jahre. Und wie ihr vermuten könnt, kam der Feldherr nicht mit leeren Händen zurück."

„War der Bürgerkrieg nach der Machtergreifung der beiden Konsuln nicht zu Ende?", fragt Helmut.

„Ihr seid aber gut informiert", staunt das graue Reibeisen überrascht und gleichzeitig auch ein bisschen misstrauisch.

„Nein, noch nicht! Als dann noch Marcus Licinius Crassus starb ..."

„... der Erfinder der Feuerwehr", unterbricht sie Mario stolz.

Frau Dottoressa Camilla macht grosse Augen und lacht schrill auf.

„Also wirklich, der Erfinder der Feuerwehr! So ein
Quatsch! Wer hat euch denn einen solchen Unsinn erzählt? Nun denn, als Crassus starb, wollte Gnaeus Pompeius Magnus, kurz Pompeius genannt, die ganze
Macht an sich reissen. Er wusste jedoch, dass Caesar
sehr beliebt war und befahl ihm unverzüglich abzutre-
ten und als gewöhnlicher Soldat aus Gallien zurückzukehren."
„Liess er dies zu?", fragt Luisa betroffen.
Das Reibeisen schüttelt energisch den Kopf.
„Ach was! Der grosse, nach Macht strebende General
liess sich bestimmt nicht unters Joch zwingen."
Beim Wort Joch tauschen Helmut und Tito einen Blick
aus. Beide denken an den geheimnisvollen Spruch *Schau
hinein ins Schlüsselloch, Simon beugt sich keinem Joch!"*
„Was ist überhaupt ein Joch?", wagt Tito, der Muskelprotz zu fragen.
Helmut kommt der Dottoressa frech zuvor und antwortet an ihrer Stelle:
„Früher zwangen die Sieger ihre Gefangenen gebeugt
unters Joch hindurchzugehen. Das Joch konnte ein einfacher biegsamer Ast sein. Auf diese Art demütigten sie
die Besiegten."
Die Fremdenführerin nickt knapp und startet einen
neuen Anlauf:
„Also, wenn ihr mich jetzt ausreden lasst, erzähle ich
weiter! Caesar marschierte mit seinen treuen Soldaten
auf Rom zu, um diesem Gnaeus Pompeius Magnus die
Stirn zu bieten. Er überschritt den kleinen Grenzfluss
Rubikon mit den Worten *Der Würfel ist gefallen*, was soviel zu bedeuten hat wie *Jetzt gibt es kein Zurück mehr*.
Caesar war jedoch so beliebt, dass man seine Truppen
fast widerstandslos in Rom einmarschieren liess.

Pompeius, der seine heikle Lage erkannte, floh nach Griechenland.”

„Ich wette, der ehrgeizige Caesar schnappte sich den Kerl!”, kichert Tito seinem deutschen Freund ins Ohr.

„Zum Donnerwetter nochmal”, brüllt das graue Mütterchen feuerrot im Gesicht, „ich bitte um mehr Aufmerksamkeit! – Nun, Caesar folgte Pompeius wirklich bis nach Griechenland und besiegte ihn bei Pharsalos. Der Besiegte suchte beim Pharao Ptolemaios XIII. in Ägypten Zuflucht. Dieser fürchtete sich jedoch vor dem mächtigen Caesar und liess Pompeius ermorden.”

„XIII heisst übrigens 13”, verkündet Tito seinen Freunden stolz.

Die Dottoressa Camilla mustert den Kraftprotz von Kopf bis Fuss.

Tito schluckt leer. Hat er etwas Falsches gesagt? Die strenge Frau erinnert ihn stark an seine eiserne Grundschullehrerin.

„Oje, jetzt wird’s kritisch!”, vermutet Helmut und kneift die Augen zu.

Doch zu seiner Überraschung hört er das graue Mütterchen mit honigsüsser Stimme sagen:

„Alle Achtung! Wie heisst du?”

Die Fremdenführerin tritt ganz nahe zum Riesen hin, stellt sich auf die Zehenspitzen und schaut zu ihm hinauf. Obwohl die Frau nur halb so gross wie Tito ist, wirkt der Muskelprotz plötzlich ganz klein und hilflos.

„Nur nicht so schüchtern”, lächelt sie.

Tito nimmt seinen ganzen Mut zusammen und stammelt: „T ... T ... Tito.”

„Gut Tito! Ich sehe schon, auf dich passt der lateinische Spruch *mens sana in corpere sano* wie zugeschnitten. Dies

bedeutet übrigens *ein gesunder Geist in einem gesunden Kör-
per*. Aus dir kann noch was werden, Tito."
Der Muskelprotz atmet erleichtert auf. Die Dottoressa
Camilla wendet sich nun wieder der Gruppe zu.
„Aus dir kann noch was werden, Tito!", flüstert Helmut
dem Latiner spöttisch ins Ohr und grinst.
„Nun denn, um sich bei Caesar einzuschmeicheln, liess
der Pharao diesem den Kopf von Pompeius auf einem
Tablett servieren."
„Igitt!", Luisa rümpft angewidert die Nase.
„Hat sich Caesar darüber gefreut?", will Mario wissen.
„Keineswegs. Im Gegenteil! Er entthronte den Pharao
und setzte ruckzuck Ptolemaius' Schwester auf den
Thron."
„Wer war die Dame?", fragt Tito und kratzt sich verle-
gen am Hinterkopf.
Das graue Mütterchen lächelt Tito verschmitzt an.
„Zerbrich dir mal darüber nicht den Kopf, Kleiner!
Hast du schon mal von einer gewissen Kleopatra ge-
hört? Den Aussagen nach war sie eine der schönsten
Frauen der damaligen Welt."
Der freundliche Muskelprotz kriegt einen hochroten
Kopf.
„Hast sie richtig beeindruckt, mein Freund", flüstert
ihm Helmut scherzhaft zu, doch Tito streckt dem deut-
schen Austauschstudenten beleidigt die Zunge raus.
„Waren Caesar und Kleopatra nicht auch ein Liebespär-
chen?", will Luisa wissen und blickt mit ihren grossen
Augen zu Mario hinüber.
„Nicht nur ein Liebespärchen. Kleopatra schenkte Cae-
sar sogar einen Sohn, Caesaro genannt. Der römische
Feldherr war jedoch bereits verheiratet. Er anerkannte
das Baby nicht, obwohl der kleine Caesaro sein einziger

leiblicher Sohn war. Während seines Aufenthalts in
Ägypten erfand Caesar, nebenbei gesagt, einen neuen
Kalender. Dieser hatte neu 365 Tage und alle vier Jahre
sollte ein Schaltjahr sein."
„Das ist noch heute so, wenn mich nicht alles täuscht
und der Monat Juli wurde nach Julius Caesar benannt",
meint Mario stolz.
„Richtig, aber dies erst viele Jahre später! Doch kehren
wir nach Rom zurück.
Wieder in der Hauptstadt wurde Caesar zum Diktator
auf Lebenszeit ernannt."
Tito wagt eine Frage auszusprechen:
„Wie war die römische Armee überhaupt organisiert?"
„Zur dieser Zeit hatte das römische Heer bis zu 35 Le-
gionen im ganzen Imperium. Jede Legion hatte eine
Nummer und einen Namen. An der Spitze der Legio-
nen standen die Legaten."
„Wie gross muss man sich eine Legion vorstellen?"
„Jede von ihnen bestand aus ungefähr 5'500 freiwilligen
Berufssoldaten. Dazu kamen Hilfstruppen und Skla-
ven. Auch Handwerker gehörten dazu.
„Wozu brauchten sie Handwerker?"
„Handwerker waren sehr wichtig! Wer sollte sonst die
Katapulte, Balistae, Rammböcke oder die benötigten
Belagerungstürme herstellen?"
Die Anwesenden machen grosse Augen. Die Dotto-
ressa kommt der nächsten Frage zuvor und erklärt:
„Es handelt sich hier um schwere Belagerungsmaschi-
nen. *Katapulte* und *Balistae* waren Wurfgeschütze. Damit
schleuderten die Römer Felsbrocken gegen die Mauern
der belagerten Städte. Mit Hilfe der Rammböcke griffen
die Soldaten die Stadttore an. Manchmal zogen mehrere
Legionen gemeinsam in den Krieg. Jede war in zehn

kleinere Einheiten unterteilt, die sogenannten Kohorten. Jede Kohorte wurde von einem Tribun angeführt.”
„Also war jede Kohorte 550 Mann stark”, rechnet Helmut stolz aus.
„Dein Einfall ist nichts wert!”, tadelt ihn das Reibeisen streng.
Tito klopft seinem Freund schadenfroh auf die Schulter.
„Eine der Kohorten war doppelt so gross wie alle anderen und bestand aus 1’000 Soldaten. Die Restlichen neun setzten sich aus je 500 Soldaten zusammen.”
„Das wird mir zu kompliziert”, gesteht Luisa.
„Es wird noch ein bisschen verzwickter”, schmunzelt die Fremdenführerin, welche die Unsicherheit des Publikums zu geniessen scheint.
„Die erste Kohorte wurde in fünf Manipeln unterteilt, die restlichen in drei. Aus diesen bildete man wiederum sechs Zenturien.”
„Centurie tönt verblüffend nach Zentimeter, Zentiliter oder Cent”, stellt Helmut fest.
„Oder nach cento. Und cento heisst auf Italienisch Hundert. Ich wette also, dass eine Zenturie hundert Mann zählte”, schliesst Tito daraus.
„Ich muss zugeben, dass deine Überlegung richtig ist, Kleiner. Trotzdem bestanden nur wenige Abteilungen aus 100 Mann. Ihr Anführer war der Zenturio. Man erkannte ihn am Helm. Dieser hatte einen querstehenden Kamm aus gefärbten Pferdehaaren. Vereinten sich die Zenturien in Manipeln, so übernahmen die rangältesten Zenturionen das Kommando. Eine Zenturie bestand aus 80 Infanteristen, also Fusssoldaten. Die restlichen 20 Soldaten gehörten zur Kavallerie.”
Mario brummt der Schädel vor so vielen Zahlen.

„Die römische Kriegsführung war gefürchtet.
Die Legionäre kämpften in geschlossenen Schlachtrei-
hen. Alle kennen die berühmt berüchtigte *Schildkröte*. Es
herrschte Zucht und Ordnung. Schwer gepanzerte
Kämpfer mit grossen Schildern standen in den ersten
Reihen und zuhinterst die leicht gepanzerten.
Luisa empfindet für die Armee wenig Sympathie und
lenkt die Erzählung wieder auf Caesar zurück:
„War Caesar nun eine Art König geworden?"
Die Dottoressa Camilla geht auf sie ein und nimmt den
roten Faden wieder auf.
„Seine Gegner befürchteten wirklich, dass Caesar die
Republik wieder abschaffen und selber König werden
wollte. Aus diesem Grund schmiedeten sie Pläne gegen
ihn."
„Wer waren die Verschwörer?"
„Einige Senatoren hatten sich verbündet. Am 15. März
im Jahre 44 vor Christi Geburt geschah dann das Blut-
bad. Mit scharfen Messern bewaffnet warteten diese in
der *Curia* auf ihn, also dort, wo der Senat zusammen-
kam. Als sie sich auf Caesar stürzten, erkannte dieser
seinen Adoptivsohn, Marcus Junius Brutus im Handge-
menge. Caesar sprach den berühmten Satz aus *Auch du,
mein Sohn, Brutus.* Von 23 Dolchstössen durchbohrt
sank Caesar ausgerechnet vor der Statue von Pompejus
tot zu Boden.
Kleopatra und Caesaro befanden sich an diesem Tag in
Rom. Um ihr Leben fürchtend flohen sie gleich nach
der Mordtat nach Ägypten zurück."
Die Freunde haben Aufmerksam zugehört. Die strenge
Dottoressa Camilla ist aber noch nicht fertig. Sie holt
tief Luft und mit schriller Stimme befiehlt sie:
„Folgt mir!"

Mit erhobenem Haupt führt sie die Gruppe durchs Trümmerfeld. Die Sonne steht schon hoch am Himmel. Zum Glück müssen sie nicht weit gehen. Die Gruppe hält inmitten des Forum Romanum vor einem niedrigen Gebäude an.
„Dies ist der Caesar-Tempel. Hier wurde Caesars Leiche aufgebahrt und danach verbrannt."
„Heisst das, dass er hier begraben ist?", erkundigt sich Mario.
Die graue Dame wirft dem Barbesitzer einen abschätzenden Blick zu und schüttelt energisch den Kopf.
„Die Aschen der Verstorbenen wurden in Urnen ausserhalb der heiligen Stadtgrenze gebracht, denn die Römer fürchteten die Toten und wollten sie deshalb nicht in ihrer Nähe haben. Ein Begräbnis innerhalb der heiligen Grenzen der Stadt war undenkbar, ja sogar verboten. Reiche Römer bestattete man in Steinsärgen in prächtigen Grabmälern, den sogenannten *Mausoleen*, während man die Urnen der einfachen Bürger in Grabkammern aufbewahrte. Leider weiss niemand, wo Caesar bestattet wurde."
„Gab's nach Caesar keine Alleinherrscher mehr?"
„Doch, man nannte sie zu Caesars Ehren Caesaren."
Helmut räuspert sich und erklärt stolz:
„Das deutsche Wort Kaiser ist vom Namen Caesar abgeleitet worden."
„Richtig! Caesaren, Zaren oder eben Kaiser gab's nach seinem Tod ganz viele. Hört zu:

Kaiser gab's in Rom zu Hauf.
Ich list' euch hier die Ersten auf:

Caesar stiftete den Namen,

den die ander'n übernahmen.

Caesar Augustus im Kalender
steht zwischen Juli und September.

Tiberius war zu Jesus Zeit
nun als Caesar schon der zweit'.

Caesar Caligula hat Senatoren ausgelacht
und sein Pferd zum Konsul gemacht.

Die Ehefrau liess Caesar Claudius ermorden,
so ist ihr Sohn Nero ein Caesar geworden.

Caesar Nero war ein Komödiant,
legte in Rom den grossen Brand.

Galba, Otho und Vitellius herrschten zu kurz,
darum sind mir diese Wurst.

Caesar Vespasian zog's nach Norden,
kämpfte gegen die Germanenhorden.

Das Kolosseum steht noch heut'.
Daran bauten Caesar Titus Leut'.

Vom Rhein zur Donau stand ein Wall,
schützte Domitian vor dem Germanenüberfall.

Der neue Caesar war nicht wild.
Er hiess Nerva und war drum mild.

Caesar Trajan herrschte offenbar,

als das Imperium am grössten war."

Die vier Freunde sind zutiefst beeindruckt vor so viel Wissen.
Die Sonne steht schon hoch am Himmel und Mario lädt die Gesellschaft zu einer Erfrischung ein.
Vor der miniBAR erblicken sie den Professore. Helmut erkundigt sich sofort:
„Und Martinus? Haben Sie jemanden gefunden, der bereit ist, in die Rüstung zu schlüpfen?"
„Du wirst staunen", schmunzelt der Gelehrte und deutet auf einen kleinen Legionär, der unweit von ihnen interessiert in den Himmel schaut.
„Merkwürdige Vögel leben heute. Sie müssen wohl sehr hoch fliegen. Seltsam, sie hinterlassen einen weissen Streifen am Himmel.
„Mich laust der Affe", ruft Tito glückstrahlend, „das ist ja Martinus!"
Der Muskelprotz rennt zum kleinen Römer hin.
„Komm her zu mir und lass dich umarmen!"
Doch Martinus, der den Muskelprotz auf ihn entgegenrennen sieht, läuft schnell zum Professore und verschanzt sich hilfesuchend hinter seinem Rücken. Er befürchtet, dass ihn der Latiner aus lauter Freude wieder wie einen Kartoffelsack in die Luft werfen will.
„Frau Dottoressa Camilla, schön Sie zu treffen!", begrüsst der Professore die ältere Frau galant und lässt beim Eintreten den Damen den Vortritt.
Nachdem jeder seine Bestellung aufgegeben hat, macht Frau Dottoressa Camilla den alten Herrn stolz darauf aufmerksam, dass sie der Gruppe eben die ersten Kaiser aufgezählt hat.

„Caesar Trajan herrschte offenbar, als das Imperium am grössten war, waren meine letzten Worte", fügt sie selbstgefällig hinzu und um ihren Worten Nachdruck zu verleihen, klopft sie zwei Mal energisch auf den Tisch.

„Hör ich richtig? Haben Sie eben Marcus Ulpius Trajanus erwähnt?", fragt Martinus verwundert.

„Genau den", gibt ihm das graue Mütterchen zur Antwort. Dann fügt sie mit wichtiger Miene hinzu:

„Soll ich Ihnen von ihm berichten?"

Die Dame wirft den Kopf eitel in den Nacken. Martinus guckt interessiert zuerst ins rechte, dann ins linke Nasenloch hinein.

„Nein danke, den kenne ich bestens", antwortet der kurlige Römer heiter und klopft ebenfalls zwei Mal energisch auf den Tisch. Dann leert er in einem Zug seinen Cappuccino.

Die Dottoressa ist zutiefst gekränkt. Doch dann beginnen ihre Augen zu funkeln.

„So, so, Sie kennen ihn. Was halten Sie von einem Wissenswettkampf? Wer mehr über den Kaiser Trajan weiss, gewinnt?"

„Nun, meinetwegen!", antwortet Martinus vergnügt und beisst herzhaft in einen süssen Cornetto.

Die Dame beginnt:

„Erste und einfachste Frage. Wann wurde Trajan römischer Kaiser?"

„Das ist aber einfach", lacht Martinus mit vollem Mund, „das weiss ich ganz genau. Es war exakt an dem Tag, als er barfuss die Stadt Rom betrat und jeden Senator mit einem Kuss begrüsste."

Das Reibeisen gibt ein schrilles Lachen von sich.

„Barfuss? Sie machen Witze!"

Dann gibt sie selbstgefällig bekannt:

„Eins zu null für mich. Es war im Jahre 99 nach Christus!"

Helmut ist empört und möchte etwas einwenden, doch der Professore macht ihm ein Zeichen, nicht einzugreifen.

Martinus ärgert sich nicht. Er darf nun die nächste Frage stellen. Der kleine Römer lächelt spitzbübisch.

„Wer kochte für den jungen Trajan, also noch bevor er Kaiser war, das beste Garum?"

„Sie stellen mir diese Frage bestimmt, weil Sie der Meinung sind, dass ich nicht weiss, was ein Garum war. Aber ich weiss es mein Herr. Oh ja, ich weiss es! Das *Garum* war eine salzige Fischsosse und das Hauptgewürz jener Zeit. Das beste Garum kam aus Pompeji, denn es war dort eine Spezialität. Er bestellte es bestimmt in Pompeji."

Die Dame grinst siegessicher.

„Falsch", widerspricht ihr der kleine Legionär.

„Erstens war Pompeji genau zu jener Zeit vom Feuer speienden Berg, den ihr Vesuv nennt, zerstört worden und die wenigen Überlebenden hatten ganz andere Sorgen, als Garum zu kochen und zweitens war es Martinus Quinctius Hilarius, der Trajans Meinung nach das beste Garum kochte."

„Und wer soll dieser Martinus Quinctius Hilarius sein, mein allwissender Legionär?", fragt die Frau todernst.

„Er steht vor Ihnen und beim Jupiter – stets zu Ihren Diensten!"

„Oje, jetzt ist es geschehen!", flüstert Tito seinem deutschen Freund entsetzt ins Ohr.

„Wollen Sie etwa behaupten, den Kaiser Trajan persönlich gekannt zu haben?", fragt das Reibeisen ernst.

„Nicht nur ihn, sondern seine ganze Familie. Ich ging bei ihnen ein und aus", antwortet Martinus stolz.

„Ha! Das ist ja lächerlich!", prustet die graue Dame los.

„Und wo ist seine Asche begraben, bitteschön?", fragt das graue Mütterchen grinsend.

„Wieso? Ist er etwa gestorben?"

„Hat man so was schon mal gehört?"

Die Dame stösst ein schrilles Lachen aus.

Da geht die Tür auf und Pino der Busfahrer tritt in die Bar.

„Ist das eine Hitze!", jammert dieser und wischt sich mit einem gelbroten AS Rom Taschentuch den Schweiss von der Stirn.

Das Reibeisen wendet sich kichernd dem Neuankömmling zu.

„Entschuldigen Sie mich, aber bestimmt kennen auch Sie einen Kaiser höchstpersönlich, habe ich recht? Was halten Sie beispielsweise von Caesar?"

„Sie sind aber gut informiert. Ja, das stimmt. Das Glück war mir hold. Ich durfte ihn am Wochenende bewundern. Was für ein Mann sage ich Ihnen. Taktisch perfekt. Eine richtige Kämpfernatur. Ich habe ihm sogar die Hand geschüttelt."

„Ich sehe schon", meint die Dame ernst. Ihr Humor ist verflogen, „ich bin hier wohl in einer Irrenanstalt gelandet. Den Wettkampf mein Herr, können Sie sich an den Hut oder in Ihrem Fall an den Helm stecken. Auf Wiedersehen!"

Mit erhobenem Kopf verlässt Frau Dottoressa Camilla die Bar.

Pino schüttelt den Kopf, schlägt die rosarote Sportzeitung auf und verschwindet dahinter.

„Ist Trajan wirklich gestorben?“, fragt Martinus den Professore mit niedergeschlagener Stimme.

„Ja, das ist er. – Seine Asche wird hier in der Stadt aufbewahrt und zwar unter der Trajansäule.“

„Trajansäule?“

„Die prächtige Trajansäule erhebt sich im Forum Trajanum unweit von hier. Eingemeisselte Bilder verzieren die Aussenseite. Sie stellen den Krieg gegen die Daker dar. Das Volk der Daker lebte im heutigen Rumänien.

Der kurlige Römer lässt den Kopf hängen.

„Er sieht so traurig aus“, bemerkt Luisa mit gedämpfter Stimme.

„Das kannst du laut sagen!“, flüstert ihr Mario ins Ohr.

Plötzlich fängt Martinus zu schluchzen an.

„Trajan war ein gerechter Kaiser. Ich war sein persönlicher Garumlieferant, bevor ich zur Armee ging.“

Wie von einer Tarantel gestochen, springt Martinus plötzlich hoch und macht ein erschrockenes Gesicht.

„Ja aber, wenn er tot ist, was ist dann aus dem römischen Reich geworden?“

„Nun, mein lieber Martinus“, beginnt der Professore ein bisschen verlegen, „wie du von Frau Dottoressa Camilla erfahren hast, herrschte Trajan, als das Imperium am grössten war. Die *Kaiserzeit* war eine Zeit des Friedens. Man nannte diese Friedenszeit *Pax Romana*. Die Völker innerhalb des Imperiums lebten in Ruhe und Eintracht. Alle wurden römische Bürger und nahmen den Lebensstil der Römer an.“

„Der Frieden dauerte nicht ewig, habe ich recht?“, mutmasst der kleine Römer.

„Leider nicht! Verschiedene Ursachen führten zum Untergang des römischen Reichs. 200 Jahre nach Trajans Tod gab es die ersten Übergriffe der Germanen auf das

römische Reich. Die gefürchteten Riesen aus dem Norden drangen 100 Jahre später über den *Limes* vor.”
„Was ein Limes war, weiss ich”, sagt Martinus.
„Die Limes waren hölzerne Grenzwälle. Hinter diesen Palisadenzäunen hausten die Barbaren. Die Limes sicherten die Grenzen des ganzen Imperiums. In Abständen standen Wachtürme. Neben den Wachtürmen befanden sich Strohhaufen, die bei einem Überfall angezündet wurde. Die Rauchsignale alarmierten die Truppen im nahegelegenen Kastell. Diese eilten auf den ausgebauten Römerstrassen in kurzer Zeit zu Hilfe.”
Der Professore übernimmt wieder das Wort:
„In diesen Kastellen warteten die Truppen auf ihren Einsatz. Stellt euch einmal vor: Im Norden des römischen Reiches verlief ein riesenlanger Limes vom Rhein bis zum Schwarzen Meer. Er war über 500 Kilometer lang. Etwa 900 Wachtürme und 120 Kastelle sicherten die Grenze.”
„Ganz schön clever, diese Römer”, meint Helmut, der an seinem Bierglas nippt.
Der Professore erzählt weiter:
„Trotzdem häuften sich die Übergriffe der Germanenstämme gegen das Imperium. Sie zogen plündernd durchs Land.
Kaiser Aurelian liess in Rom aus Sicherheit eine neue, grossartige Stadtmauer bauen. Diese Mauer steht noch heute und umschliesst die römische Altstadt.
Dann geschah etwas Unerwartetes: Der erste christliche Kaiser Konstantin liess Byzanz zur neuen Hauptstadt des römischen Imperiums ausbauen. Nach seinem Tode wurde die Stadt nach diesem Kaiser *Konstantinopel* genannt.” Helmut war schon oft in Istanbul gewesen

und weiss, dass diese türkische Grossstadt früher eben
Konstantinopel geheissen hatte.

„Später wurde das Imperium in ein West- und in ein
Oströmisches Reich aufgeteilt."

„Gab es viele Germanenstämme?", erkundigt sich Mario.

„Aber ja doch! Die Ostgoten, die Westgoten, die
Langobarden, die Burgunder, die Sachsen, die Franken
und die Vandalen gehören mit Sicherheit zu den Be-
kanntesten.

Die Vandalen waren über Frankreich nach Spanien vorgedrungen und fielen in Nordafrika ein. Von dort aus
setzten sie mit Schiffen nach Italien über und besiegten
die römischen Truppen. Sie eroberten Rom und plün-
derten, brandschatzten und zerstörten viele Denkmäler.
476 nach Christus ging das Weströmischen Reich unter.
Das Oströmische Reich hielt sich noch 1000 Jahre länger."

Pino legt die Zeitung auf die Eistruhe und schaut auf
die Uhr.

„Es ist wieder soweit, die Arbeit ruft. Ach übrigens,
mein Bus ist gestern Nacht zerkratzt worden. Da waren
bestimmt wieder Vandalen am Werk. Unerhört!"

Kaum ist Pino draussen, zückt Martinus entschlossen
seinen Gladius und jagt brüllend auf die Strasse hinaus.
Die andern eilen ihm verwirrt hinterher.

„Wo seid ihr Vandalen? Kommt her und zeigt euch! Ich
werde euch allesamt aufspiessen. Das ist meine Stadt,
habt ihr gehört? Beim Jupiter, hier wird nicht geplün-
dert und auch nicht zerstört! Habt ihr mich gehört?"

Zum Glück ist bei dieser Mittagshitze fast niemand auf
der Strasse. Nur zwei französische Touristen, ein kleiner listiger und ein grosser dicker kommen gerade des

Weges. Sie tippen sich an die Stirn und rufen laut lachend:

„Die spinnen die Römer!"

Tito hält Martinus zurück.

„Reiss dich am Riemen, hörst du! Es gibt keine Vandalen mehr."

„Es gibt auch kein römisches Imperium mehr!", schreit Martinus aus voller Kehle dem Muskelprotz ins Gesicht.

Dann lässt er sich erschöpft auf den Bürgersteig nieder und jammert:

„Und mich kann es deshalb auch nicht geben."

Mit grossen, hilfesuchenden Augen schaut der kleine Legionär zum Professore hinauf. Dieser kniet zum Römer nieder und schüttelt den Kopf.

„Nein, mein kleiner Freund, dich gibt es wirklich."

Alle machen erstaunte Gesichter.

„Mario, schliess die Bar!"

Mit feierlicher Stimme fügt der Professore wichtig hinzu:

„Meine Herren, meine Dame, bitte folgen Sie mir! Ich möchte Ihnen etwas Wichtiges zeigen." –

Der Weg führt vom Kolosseum zum nahe gelegenen Konstantinbogen. Er ist der prächtigste Triumphbogen der Stadt.

„Erzählen Sie uns eine Heldengeschichte?", fragt Mario hoffnungsvoll.

„Ja, Mario und zwar eine ganz besondere Geschichte", verspricht der ältere Herr und zwinkert ihm zu.

Beim Circus Maximus steigen die Freunde den Aventin hinauf. Rosenduft erfüllt die Luft. Sie kommen zuerst am Rosengarten und dann am Orangenpark vorbei.

Nach einem leichten Anstieg bleibt der Professore stehen. Die Freunde setzen sich schwer atmend auf eine Bank. Man hat sie erwartet.

Ein kahler Mann mit einem netten Lächeln taucht wie aus dem Nichts auf und begrüsst die Gruppe.

„Schau her, Padre Tiziano!", bemerkt Martinus erstaunt.

Helmut und Tito wundern sich.

„Sag bloss, dass du diesen Mann kennst?"

Der Professore ergreift das Wort:

„Ich bin wohl allen eine Erklärung schuldig. Nach langem Hin und Her haben Padre Tiziano und ich Martinus' Geheimnis gelüftet."

Es herrscht atemlose Stille. Alle sind ganz Ohr. Martinus kann vor lauter Spannung kaum ruhig sitzen. Er rutscht unruhig hin und her.

„Nun ist es Zeit, die letzte und wichtigste Heldengeschichte kennenzulernen. Es ist die Geschichte von unserem Gast Martinus", beginnt der Pater in einem feierlichen Ton.

Der kurlige Römer schaut stolz um sich.

„Martinus Geschichte beginnt aber nicht etwa in Rom, sondern in Galiläa. Wie ihr alle wisst, kam Jesus Christus 753 Jahre nach Roms Gründung in Betlehem zu Welt.

Er nannte sich Gottes Sohn und predigte die Nächstenliebe. Viele Gläubige schlossen sich ihm an. Seine stetigen Begleiter waren zwölf Apostel. Der erste Apostel und engster Freund von Jesus hiess Petrus. Nachdem Jesus von den Römern verhaftet und auf dem Berg Golgatha bei Jerusalem ans Kreuz geschlagen wurde, verkündeten seine Apostel die christliche Lehre weiter.

Der Sage nach kamen zwei von ihnen bis hierher nach
Rom. Der eine hiess Paulus und der andere war eben
Petrus. Beide gründeten in dieser Stadt die erste Christ-
engemeinde. Doch damals herrschte in Rom der berüchtigte Kaiser Nero. Er war ein grausamer Herrscher.
Man behauptet, er habe die Stadt Rom in Brand gesteckt. Während sechs Tagen soll das Feuer gewütet
und ganze Stadtviertel vernichtet haben. Ob das
stimmt, ist zwar nicht erwiesen, sicher ist aber, dass er
die Schuld den Christen zuschob. Nero liess sie verfol-
gen und in seinem persönlichen Zirkus grausam hin-
richten."
Martinus nickt und fügt hinzu:
„Die Christen waren eine neue Sekte. Wie die Juden
glaubten sie nur an einen Gott. Die Christen vermehr-
ten sich wie die Mäuse."
„Wie viele Götter habt ihr eigentlich?", will Luisa wissen.
„Eine ganze Menge. Jupiter ist der Göttervater und der
Gott des Himmels, Mars der Kriegsgott und Venus die
Göttin der Liebe. Ich zähl dir nicht alle auf, sonst sitzen
wir bis morgen hier und ich verpasse am Ende noch
meine eigene Heldengeschichte."
Der kurlige Römer ist wieder heiter. Der Professore
nimmt den Faden nochmals auf.
„Meinen Berechnungen nach war Martinus zu jener
schlimmen Zeit ein Kind. Nicht alle wissen, dass Petrus
früher Simon geheissen hatte und ein Fischer auf dem
See Genezareth gewesen war. Jesus gab ihm den Na-
men Petrus."
Martinus ergänzt ganz aufgeregt:
„*Petrus* heisst auf Latein *Felsen*."

„Das stimmt. Und Jesus sagte, dass er auf eben diesem Felsen seine Kirche bauen würde."
„Eine Kirche?", fragt Tito erstaunt.
„Auf Petrus?", ergänzt Mario.
Doch bevor einer antworten kann, springt der deutsche Austauschstudent auf und ruft:
„Jetzt dämmert's mir! Der alte, lockige Mann im Gefängnis war niemand anders als Petrus."
„Genau, und Martinus hat ihn durchs Schlüsselloch gesehen."
Helmut, der schon steht, schaut den kleinen Römer an und trägt das seltsame Gedicht vor:

„Martinus, du mein kleiner Wächter hier,
reichlich Brot biet ich dir.

Schau hinein ins Schlüsselloch,
Simon beugt sich keinem Joch!

Diesem Fischer musst du trauen,
denn er wird ein Haus dir bauen.

Siebenmal sollst du verreisen
und an fremden Tischen speisen.

Wirst ein Schlüsselloch entdecken.
Meine Grösse wird dich wecken.

Sollst die Wahrheit dann erkennen
und zum Felsen dich bekennen."

„Das ist alles gut und recht, aber ich begreife leider rein gar nichts. Wieso ist dieser Simon oder Petrus, wie ihr

ihn nennt, denn so wichtig?", gesteht der kurlige Römer
und lässt geschlagen den Kopf hängen.
Padre Tiziano lächelt dem verwirrten Römer geduldig
zu. Er übernimmt das Wort.
„Es ist nicht so leicht, diesen Spruch zu verstehen, mein
kleiner Freund. Du musst uns dabei ein bisschen behilflich sein."
Martinus wird neugierig. Der Geistliche streicht sich
über die Glatze.
„Petrus und Paulus wurden von Kaiser Nero gefangen
genommen. Paulus wurde enthauptet, weil er ein Römer war, doch Petrus konnte aus einem unerklärlichen
Grund aus dem streng bewachten Gefängnis fliehen."
Martinus steigt die Schamröte ins Gesicht. Alle Blicke
sind auf ihn gerichtet.
„Also gut. Wie ich euch allen schon erzählt habe, arbei-
tete mein Vater, als ich etwa fünf Jahre alt war, als Ge-
fängniswärter. Er musste auch auf diesen Simon auf-
passen. Nachdem ich den alten Mann durchs Schlüsselloch gesehen hatte, verspürte ich einen riesigen Drang
ihn zu befreien. Während mein Vater mit einem Soldaten sprach, entwendete ich kurzerhand seinen Schlüssel
und schob ihn unter der Tür durch."
„Da haben wir's!", sagt Padre Tiziano mit ernstem Gesicht.
„Habe ich etwas Falsches getan?"
Martinus zittert wie Espenlaub.
„Im Gegenteil! Du hast mit deiner Tat die Geschichte
der Christenheit entscheidend beeinflusst", beruhigt
ihn der Geistliche.
„Dank dir ergriff Petrus die Flucht. Er schlug die Via
Appia ein und lief nach Süden. Doch kaum lag die Stadt
hinter ihm, begegnete er Jesus."

„Wie war das möglich?", fragt Martinus verwundert.
„War Jesus denn nicht gestorben?"
„Petrus war genauso wie du darüber verwundert", antwortet der Pfarrer geduldig.
„Vielleicht war es sein Geist", vermutet Helmut, der diese Geschichte erstklassig findet.
Der kahle Geistliche schüttelt energisch den Kopf.
„Nein, es war wirklich Jesus. Stellt euch vor, dass man an dieser Stelle noch heute seine Fussabdrücke sehen kann. Dort, wo sich die beiden trafen, steht heute eine Kirche."
Dann fügt der Pater stolz hinzu:
„Übrigens arbeite ich dort. Aber nun zurück zur Geschichte. Der überraschte Apostel fragte Jesus *Domine, quo vadis?* oder einfacher gesagt *Herr, wohin gehst du?*. Jesus antwortete ihm, er gehe nach Rom, um sich nochmals kreuzigen zu lassen. Petrus schämte sich, dass er davongerannt war und entschied sich, mit Jesus nach Rom zurückzukehren. Jesus jedoch verschwand und Petrus beschloss, sich dem bösen Kaiser Nero alleine zu stellen.
Der Apostel wurde kurz darauf in den Zirkus gebracht. Dort liess er sich auf eigenem Wunsch hin mit dem Kopf nach unten kreuzigen."
„Das verstehe ich nicht", gibt Mario zu.
„Petrus fühlte sich nicht würdig, auf dieselbe Art wie Jesus am Kreuz zu sterben. Man setzte seinen Leichnam in einem allgemeinen Friedhof bei und zwar auf dem Vatikanischen Hügel. Später bestatteten die Christen ihre Verstorbenen unterirdisch, und zwar in den sogenannten *Katakomben*."
Der Professore räuspert sich:

„Nun Martinus, du weisst, dass Martinus eigentlich *kleiner Mars* bedeutet und weil der Dienstag der Tag des Kriegsgottes ist, bist du uns immer wieder an diesem Wochentag erschienen. Du hast es im Gedicht vernommen. Siebenmal bist du nun verreist und hast an fremden Tischen gespeist. Nun ist es Zeit zu gehen."
„Wohin?", fragt der kleine Römer überrascht.
Der alte Professore hat keine passende Antwort, sondern zeigt auf ein nahegelegenes Haus mit einem grossen Gartentor.
„Schau hinein ins Schüsselloch!", fordert er den Zeitreisenden auf.
Martinus nähert sich zaghaft dem Tor. Doch nach wenigen Schritten zögert er und schaut zu seinen Freunden zurück.
„Nur Mut!", ermutigt ihn Padre Tiziano.
Martinus stellt sich auf die Zehenspitzen und guckt durchs Schlüsselloch. Dann dreht er sich blitzartig um und fragt verwundert:
„Was ist das für ein weisses Schloss weit hinter dem Tor?"
„Das, mein lieber Martinus ist der Petersdom. Er wurde an derjenigen Stelle gebaut, wo der Apostel Petrus hingerichtet wurde."
„Auf diesem Felsen werde ich meine Kirche bauen", murmelt Luisa vor sich hin.
„Ich muss zu Petrus!", verkündet der kleine Römer wie vom Tor magisch angezogen.
Er läuft zu seinen Freunden, um sich zu verabschieden.
„Ich werde deine Geschichten nie vergessen", verspricht Mario und umarmt den Legionär.

Dann nähert Martinus sich Tito. Der freundliche Muskelprotz mit dem grossen Herzen hat schon feuchte Augen.

Der kleine Legionär zieht seine kleine, matte Rüstung aus und überreicht sie dem Kraftprotz.

„Ich glaube, die kannst du jetzt besser brauchen."

Tito ist sehr gerührt. Die Rüstung ist zwar viel zu klein für den riesigen Muskelprotz, aber er ist so ergriffen, dass ihm eine dicke Träne über die Wange rollt.

Er drückt den kleinen Römer fest an sich.

Martinus verabschiedet sich bei Luisa. Die schüchterne Frau gibt dem Legionär einen dicken Schmatz auf die Wange.

Helmut und der Professore umarmen den kleinen Mann ihrerseits und wünschen ihm eine gute Reise.

Schliesslich nähert sich Martinus dem Tor und schaut nochmals zum Schüsselloch hinein.

Er jubelt:

„Da kommt Petrus mit einem weissen Kleid auf mich zu und er hält einen Schlüssel in der Hand."

„Erkennst du den Schlüssel wieder, Martinus?", schmunzelt Padre Tiziano.

„Ja, es besteht kein Zweifel. Es ist der alte Schlüssel meines Vaters."

Da öffnet sich das Tor langsam vor ihm und der kleine Römer tritt ehrfürchtig in einen wunderschönen Garten ein. In der Ferne ragt die prächtige Kuppel des Petersdoms in den strahlend blauen Himmel.

Martinus dreht sich ein letztes Mal um. Alle winken ihm zu. Er winkt seinen Freunden zurück, dann schliesst sich das Tor hinter seinem Rücken.

„Jetzt ist er weg!", jammert Tito und weint wie ein Schlosshund.

Helmut legt freundschaftlich seinen Arm um den Mus-
kelprotz.
„Schau mal Tito, deine neue Rüstung fängt zu leuchten
an!"
Und tatsächlich, die kleine, matte Rüstung schwillt an
und glänzt wie frisch poliert.
„Danke fürs Geschenk!", schluchzt Tito.
Mario und Luisa nähern sich Padre Tiziano. Sie halten
sich fest an den Händen.
Der Pfarrer lächelt ihnen nett zu:
„Ich glaube fast, dass ich heute ein Pärchen zu vermäh-
len habe."
Luisa und Mario nicken glücklich.
Während Tito seine neue Rüstung bewundert und Luisa
und Mario sich mit Padre Tiziano unterhalten, fragt
Helmut den Professore:
„Verraten Sie mir, wer diesmal in die Rüstung gestiegen
ist?"
Der Professore grinst, rückt seine Brille zurecht und
zeigt aufs verschlossene Tor.
„Nicht nötig, schau selbst!"
Lautlos öffnet sich das Tor wieder und ein Mann in
Uniform steht da. Es ist ein Feuerwehrmann. Vincenzo,
so heisst er. Er reckt und streckt sich und verkündet
stolz:
„Ist die Feuerwehr alarmiert, hilft sie immer – garan-
tiert!"